動物農莊

喬治·歐威爾

目錄

作者介紹

英國作家喬治．歐威爾原名艾瑞克．亞瑟．布萊爾（Eric Arthur Blair），除了小說，也寫紀實及評論性質的散文，一九四〇年代末期因兩部諷諭傑作《動物農莊》（*Animal Farm: A Fairy Story*）與《一九八四》（*Nineteen Eighty-Four*）聲名大噪，躍身為二十世紀最重要也最具影響力的文豪之一。

反抗的名字如此誕生

一九〇三年，歐威爾生於印度的一座村莊蒙地哈里（Motihari），當時的印度爲英國殖民地，歐威爾的父親任職於印度總督府鴉片局（Opium Department of the Indian Civil Service），家境稱不上富裕，一如當時許多中產階級英國家庭，身無恆產，生計及前景完全仰賴帝國政府。歐威爾日後自嘲爲「中產階級下層分子」（lower-upper-middle class）。一九〇七年，歐威爾隨母親回到英國，父親留在印度工作直至一九一二年退休爲止。

在一九四七年發表的〈我爲何寫作〉（"Why I Write"）一文中，歐威爾自述早在五、六歲的年紀便有心成爲作家。排行老二的他表示自己和姊姊、妹妹分別都相距五歲，自八歲起又很少見到父親，在學校同儕間也不受歡迎，養成他孤獨的內心世界與喜歡編故事的傾向。一九一七年，歐威爾進入赫赫有名的伊頓公學（Eton College）就讀，期間不時於各種校內刊物上發表作品，並浸淫在他所喜愛的強納森・斯威夫特（Jonathan Swift）、勞倫斯・史坦恩（Laurence Sterne）、傑克・倫敦（Jack London）等英國作家的作品中。

自伊頓畢業後，不似其他同學多半進入牛津或劍橋繼續學業，歐威爾前往位於緬甸的英屬印度帝國警察單位（Indian Imperial Police in Burma）報到受訓，擔任了五年的大英帝國警察。這段經歷促使他體認到自己在爲一個自己所無法苟同的政治體系服務，也促使他寫成《緬甸歲月》（*Burmese Days*）一書。他不止亟欲與大英帝國政權切割，更進一步思考「如何擺脫任何人類統治人類的形式」——從殖民國對從屬國的統治，到上層階級對下層階級的統治。這時的歐威爾，逐漸成爲一名流著日不落國的血液、卻反抗帝國主義到底的青年。

昨日的小洗碗工，明日的一代大師

辭去警察職務，歐威爾度過幾年貧困生活。先是旅居巴黎兩年，擔任洗碗工，深入社會邊緣。而後回到英國，前後從事教師與書店店員的工作，並在他沒有暖氣的小房間裡孜孜矻矻埋首寫作，完成「洗碗工日記」（A Scullion's Diary）。兩度投稿被退後，歐威爾本打算予以銷毀，但在友人的幫助下終於覓得出版經紀人，使得這部「洗碗工日記」以《巴黎・倫敦流浪記》（*Down and Out in Paris and London*）爲名於一九三三年出版。在〈我爲何寫作〉中，歐威爾也提到這時期的所見所聞讓他首度徹底意識到勞工階級的存在。

一九三六年，受出版社委任，歐威爾赴蘭開郡（Lancashire）及約克郡（Yorkshire）等地考察失業潮，寫成《通往威根碼頭之路》（*The Road to Wigan Pier*），深刻描繪他親眼所見的窮苦大眾萬象。同年，歐威爾前往西班牙，打算以當地爆發的公民戰爭爲題撰寫報導文章，《向加泰隆尼亞致敬》（*Homage to Catalonia*）一書便是此一時期的成果。

一九三八年，歐威爾罹患肺結核，此後始終未能完全康復。在摩洛哥休養的六個月當中，歐威爾寫成《上來透口氣》（*Coming up for Air*）。此書於一九三九年出版時，英國、德國爆發戰爭，歐威爾意圖參與反法西斯陣營，唯健康狀況不允許，於是加入本土自衛軍（Home Guard），在一九四一年至一九四三年間於英國國家廣播公司東方報導分部（BBC Eastern Service）服務。

離開英國國家廣播公司後，歐威爾成爲《論壇報》（*Tribune*）編輯，除了發表政論，更著手撰寫代表作《動物農莊》。一九四五年末，歐威爾前往蘇格蘭外島朱諾島（Isle of Jura）定居，在此寫成另一部代表作《一九八四》。朱諾島的氣候並不適合肺結核患者，不久之後，歐威爾遂於一九五〇年一月病逝。就在過世前幾天，英國知名文學評論家麥卡錫（Desmond MacCarthy）才剛對他說：「您爲英國文學留下了永難磨滅的紀錄……您是您這一世代少數值得史上留名的作家之一。」

屹立不墜的動物農莊

《動物農莊》於一九四五年八月十七日出版，由於碰觸到政治敏感領域，本書付梓之前，歐威爾已等待年餘，直至二次世界大戰結束始問世，當即獲得廣大迴響。初版印行冊數在一個月內售罄，次年已被譯成九種語言發行歐美各地，乃至於伊朗與印度各國，美國版僅「每月一書俱樂部」*便售出約五十萬冊。如此盛況歐威爾始料

編注

* American Book of the Month Club，成立於西元一九二六年，每月推出一本書，讀者以郵購方式購買。

未及，甚至一度打算以手冊的方式自費出版。戰後紙張短缺，限制了書籍印量，但在歐威爾辭世前，《動物農莊》仍在英國印行了近三萬冊，美國則有近六十萬冊。

《動物農莊》以寓言故事的形式，平易近人地深入刻畫階級衝突這個歐威爾終其一生都在關注的課題，有趣、好看之餘猛烈抨擊權力的腐化與誤用。歐威爾本人爲此書命名爲《動物農莊：一則童話故事》（*Animal Farm: A Fairy Story*），英國版皆予採用，美國出版商則認爲不符合童書市場，遂拿掉「一則童話故事」的副標，其他譯本或改稱「一則諷刺寓言」（*A Satire*）、「一則當代諷刺寓言」（*A Contemporary Satire*），或改稱「歷險記」（*An Adventure*）、「傳說故事」（*A Tale*）等。

此書在世界各地不斷改版重出，並於一九九五年榮獲史密斯書店暨企鵝圖書公司「世紀傑作獎」（W. H. Smith and Penguin Books Great Reads of the Century Award）、一九九六年榮獲「雨果紀念文學獎」（Retrospective Hugo Award），更獲《時代雜誌》評選爲「百大不朽小說」（All Time 100 Novels）、美國現代圖書館評選爲「百大最佳小說」（100 Best Novels）、大英百科全書評選爲「西方世界偉大傑作」（Great Books of the Western World）。時至今日，無論是強國與弱國在國際上不均等的發聲權、主流團體與邊緣團體的利益分配，乃至於職場文化中的從屬關係與明爭暗鬥，人與人間的階級角力與權力爭奪未曾稍歇，直指人性的《動物農莊》因而屹立不墜地諷喻著永恆存在的現象，穩坐文學典範的不朽地位。

第一章

天色已晚，曼諾農莊的主人瓊斯先生鎖了雞舍大門，卻醉得忘記關上給雞走的小洞。他踉踉蹌蹌地走過院子，手中的提燈閃耀著一圈光環，晃來晃去就像在跳舞。瓊斯先生在後門口甩掉腳上的靴子，又從貯物室的酒桶裝了最後一杯啤酒來喝才上床。此時，床上的瓊斯太太早已鼾聲大作。

臥室的燈一熄滅，農莊內的倉舍旋即一陣騷動。得過中等白豬獎的老少校前一晚做了個怪夢，他想與其他動物分享夢境內容。白天裡消息便已傳開，大家一致同意在確定瓊斯先生離開後於大穀倉集合。動物們口中的老少校，當初出展時其實被取名爲威靈頓美豚。他在農莊裡德高望重，大家都很願意犧牲一小時睡眠時間來聽他談話。

穀倉一端是高起的平台，上面鋪著一層稻草，老少校早已安坐在那裡，頭頂上的屋樑懸著一盞燈。十二歲的老少校雖然近來身形愈顯富態，但仍是頭儀表堂堂的豬，即使獠牙從未修過，看起來還是非常睿智、仁慈。沒多久，動物們陸續到來，各自找了個舒服的地方坐下。最先到的是藍鈴、潔西和品契爾這三條狗，接著是豬群，他們在平台前的稻草堆中直接坐下。母雞臥在窗臺，鴿子拍動翅膀飛到椽木上，羊和牛則坐臥在豬身後，咀嚼著反芻的食物。拳擊手和幸運草這兩匹拉車馬一同前來，他們走得很慢，每次放下毛茸茸的大蹄子時都非常小心，生怕稻草堆裡藏有什麼小動物。幸運草是匹慈祥的母馬，近中年的她體型肥胖，往日的身形在生下第四胎後已不復見。拳擊手是頭巨獸，個頭將近兩公尺，氣力是一般馬匹的兩倍，臉上的白色條紋一直延伸到鼻頭，看起來有點蠢。事實上，拳擊手的腦袋也的確稱不上一流，但他性格沉穩、工作時精力充沛，因而搏得其他動物的尊敬。馬到了以後，白羊穆里兒與驢子班傑明接著現身。班傑明是農莊裡年紀最長的動物，脾氣也最壞，他很少說話，只要一開口就是在憤世嫉俗。比方他會說，上帝給了他一條尾巴趕蒼蠅，但他寧願不要有尾巴也不要有蒼蠅。在農莊裡，班傑明是唯一不笑的動物，有動物問他爲什麼不笑，他就會說沒什麼好笑的。不過，雖然沒有公開承認，但班傑明很喜歡拳擊手，他倆常常一起在果園那邊的小牧場度過週日，彼此肩並著肩吃草，不發一語地消磨時光。

兩匹馬趴在地上後，一群沒了媽媽的小鴨子魚貫進入穀倉，一邊發出微弱的呱呱聲，一邊四處移動想找個不會被踩到的地方。幸運草於是拱起粗壯的前腳形成一道牆，小鴨舒適地坐在其中，很快進入了夢鄉。愚笨但漂亮的白色母馬莫莉平常都幫瓊斯先生拉車，她在最後一刻才嚼著糖塊踩著優雅的碎步翩翩駕到。莫莉選了個比較前面的位置，甩動起白色鬃毛，想讓其他動物注意到繫在上面的紅緞帶。貓是最後一個抵達的動物，一來就如往常般到處尋找最溫暖的位置，最後緊窩在拳擊手和幸運草中間，老少校在演講的時候她半個字都沒聽進去，只顧著滿足地呼嚕叫。

所有動物都到齊了，獨缺被瓊斯先生當寵物養的烏鴉摩西，他在後門棲木上睡覺。老少校看大家都已舒服地坐好並專心等待演講開始，便清清喉嚨說：

「同志們，你們已經知道我昨晚做了個怪夢，但這個夢我稍後再提，有件事我想先說一下。同志們，我能和你們相處的日子只剩下幾個月，在死之前，我認爲自己有責任將經年累月得來的智慧傳授給你們。我這輩子活得夠長了，獨自在豬圈時，我有很多時間思考，我想我和所有活著的動物一樣，都體悟到生命的本質，這就是我想跟你們談的事情。

「同志們，我現在要問的是，活著的意義是什麼？讓我們面對現實吧，我們的一生既悲慘又辛勞，而且稍縱即逝。出生之後，我們每天所得到的食物只夠滿足身體基本需求。我們當中較有力氣的總是被迫爲工作竭盡精力，一旦我們不再有用處，馬上就會遭到殘忍屠殺。英格蘭所有動物在滿週歲後都忘了什麼是快樂或悠閒。在英格蘭，沒有一隻動物是自由的，動物的生活等於悲慘與苦役，事實擺明了就是如此。

「但這眞是自然法則嗎?是不是因爲我們居住的土地過於貧瘠,所以這裡的動物無法過舒適的生活?不是這樣的,同志們,絕對不是!英格蘭的土壤肥沃、氣候良好,也因此物產豐饒,養活現在居住於此的動物綽綽有餘,就算有更多更多的動物也不成問題。光我們這座農莊就能養十二匹馬、二十頭牛和幾百隻羊,而且他們的生活會超乎我們想像地舒適、有尊嚴。那麼,爲什麼我們還是過得這麼悲慘呢?那是因爲我們勞力生產的成果幾乎都被人類竊占了。同志們,我們所有的問題有一個共同的答案,這答案能用一個字眼來簡單說明——人類。人類是唯一眞正的敵人,只要把人類趕走,飢餓、過勞等問題就能從根本解決,不再出現。

「人類是唯一只消費而不事生產的傢伙,他們不產乳、不下蛋、力氣太小無法拉犁、跑得不夠快不能抓兔子,但卻是所有動物的統治者。人類驅役動物,只給他們僅夠止飢的稀少糧秣作爲回報,自己卻占走大部分食物。我們付出勞力耕地、以糞便肥沃土壤,換得的卻只是這身皮囊。你們這群坐在我面前的乳牛去年產奶量有幾千加侖？這些本該用來餵養健壯小牛的牛奶到哪去了？它們一點一滴都流進我們敵人的喉嚨裡。還有你們這些母雞，去年生了多少顆蛋？其中有多少孵化成小雞？其他全被拿到市場賣，爲瓊斯和其他人增添收入。還有你，幸運草，你生的四匹小馬在哪裡？他們原本是你晚年的依靠與慰藉，但是都在一歲的時候就被賣掉，你以後也無法再見到他們。你四次懷胎而且在田裡辛勤工作，但是除了稀少的食物和一間馬廄還得到什麼嗎？

「再者，過著悲慘生活的我們也沒辦法壽終正寢。我自己是不會有怨言，因爲我夠幸運的了。我現在十二歲，有四百多頭後代，這樣的生活對一頭豬來說再自然不過。但是沒有一隻動物逃得過殘忍的最後一刀。你們這群坐在我面前的年輕肉豬一年內全會在屠刀下慘叫喪生。我們都得面對這份恐懼——牛、豬、雞、羊，每隻動物皆然，馬和狗也不會有比較好的下場。你，拳擊手，瓊斯會在你氣力用盡那天把你賣給屠馬業者，讓他割斷你的喉嚨，把你煮來給獵狐犬吃。至於狗，當他們老了、牙齒掉光了，瓊斯會在他們脖子上綁一塊磚，在附近的池塘淹死他們。

「同志們，這樣還不夠清楚嗎？我們生活中所有的不幸都來自人類的暴虐。唯有趕走人類，勞力的成果才會歸我們所有，可以說在一夜之間，我們就能成爲富有、自由的動物。那麼，我們該怎麼做呢？沒錯，我們要日以繼夜地奮鬥、投注所有心力，只求推翻人類！這就是我要傳達給你們的訊息，同志們，抗爭！我不知道抗爭什麼時候會開始，也許一週之內，或者百年之間，但是我知道正義遲早會到來，我非常確定，就像我看得到腳下的稻草一般。同志們，用你們剩下的短暫生命好好看著！還有，最重要的是，將我的訊息傳達給你們的後代，這樣他們才會持續地奮鬥下去，直到成功爲止。

「還有，同志們，要記住，你們的決心絕對不能動搖，絕不能被任何論點導向歧途，絕不要聽信人類和動物共享利益、彼此共榮這種話，這些都是謊言。人類只會追求自己的利益，不顧其他生物。在這場抗爭中，我們動物要彼此緊密團結、合作無間。所有人類都是敵人，所有動物都是同志。」

此時穀倉內一陣譁然，老少校在演講時，四隻大老鼠從洞裡爬出來，蹲坐著聽。狗意外發現老鼠，結果老鼠一溜煙鑽進洞裡保住小命。老少校舉起蹄子要大家安靜：

「同志們，」他說：「這裡有個問題必須釐清。像是老鼠、兔子這類野生動物，算是我們的朋友還是敵人？讓我們投票表決吧，我在此聚會中提出這個問題：老鼠是同志嗎？」

表決立即展開，絕大多數動物都同意將老鼠當作同志，只有三條狗及一隻貓投下四張反對票，後來大家才發現他們其實兩邊都投。老少校繼續說道：

「我還有一些話要講，且容我重申，永遠記住要敵視人類及其所作所爲，這是你們的責任。以兩隻腳走路的都是敵人，以四隻腳走路或是有翅膀的都是朋友。還有，你們也要記住，在對抗人類時不可愈來愈像人類，就算你們打倒他們了也不能染上他們的惡習。所有動物都不能住在屋子裡、睡在床上、穿衣服、喝酒、抽菸、碰錢，或者做買賣。人類所有的習慣都是有害的，最重要的是，動物不准欺壓同類，不管是強是弱、聰明或笨拙，我們情同兄弟。動物不准殺害其他動物，所有動物一律平等。

「現在，同志們，我要跟你們說我昨晚所做的夢，我實在不知如何描述，這個夢是關於人類消失以後的世界，而且讓我想起一件早已遺忘的事情。許多年前，當我還是頭小豬時，我的母親跟其他母豬曾經唱過一首老歌，但她們只記得旋律和開頭三個字。我從還是小豬的時候就知道這旋律了，但有好長一段時間不曾去回想。昨晚，這旋律在我的夢中再度響起，連歌詞也一併浮現。我敢肯定，這些歌詞曾在很久以前的動物口中傳唱，但好幾世代以來為大家所遺忘。同志們，我現在就為你們唱這首歌，我老了，嗓子啞了，但是我教你們怎麼唱以後，你們自己可以唱得更好聽。這首歌叫做〈英格蘭之獸〉。」

老少校清了清喉嚨，唱起歌來。他的嗓子就像他說的一樣沙啞，但唱得算是不錯了，這首歌的旋律激昂，大概介於〈克萊門泰〉

（Clementine）跟〈蟑螂歌〉（La Cucuracha）*之間。歌詞如下：

英格蘭之獸，愛爾蘭之獸，
萬國眾地之獸，
聽我悅人音信，
大好未來良佳訊。

那天遲早會到來，
人類暴政終垮臺，
豐饒土地英格蘭，
只見眾獸足跡踩。

鼻頭環勾不復見，
背上挽具不再配，
口銜靴刺永蒙鏽，

無情長鞭絕咻嗚。

超乎想像之富饒，
小麥與大麥，燕麥與乾草，
苜蓿、豆類與甜菜，
屆時吾等囊中包。

明光普照英格蘭，
水更純，
風更輕，
解放時日之情景。

譯注

＊兩首歌皆為西方民謠，前者旋律緩慢，後者輕快。

爲了這天須努力，
爲求成功死不計，
乳牛及馬，鵝及火雞，
皆爲自由盡心力。

英格蘭之獸，愛爾蘭之獸，
萬國眾地之獸，
用心傾聽，傳我音信，
大好未來將來臨。

這首歌讓動物們無比激動，老少校還有一小段沒唱完，他們就自顧自哼起來了。即使最笨的動物也已經記得旋律和零星歌詞，至於豬和狗這些比較聰明的動物，幾分鐘內已將整首歌默記在心。大家演練了幾次後齊聲高唱，完美的合唱聲響遍農莊，牛哞狗吠，羊啼馬嘶，鴨子呱呱應和。他們非常喜歡這首歌，從頭到尾連續唱了五次，要不是被打斷，搞不好會唱上一整晚。

可惜的是，這場騷動吵醒瓊斯先生，他從床上一躍而下，以爲院子裡有隻狐狸，因此抓起總是擱在臥室角落的槍，一發六號子彈旋即射入黑暗之中，子彈散粒鑽進穀倉牆內，聚會因而匆匆解散。動物們紛紛溜回自己睡覺的地方，家禽跳上枝頭，家畜俯臥稻草之中，沒多久，所有動物都進入了夢鄉。

第二章

過了三晚，老少校在睡夢中安詳去世，遺體葬在果園一隅，靠近山腳處。

這時候是三月初，接下來的三個月裡，農莊內進行著一場極爲機密的行動。老少校一席話讓較有智慧的動物對活著產生嶄新的看法，他們不知道老少校預言的抗爭何時來臨，也沒理由認爲自己在有生之年看得到，但他們清楚自己有責任爲抗爭作準備。教導、組織其他動物的任務自然落在豬的身上，大家都認爲他們是最聰明的動物。在豬群中，最有本事的要屬雪球和拿破崙這兩頭瓊斯先生原本打算養來賣的年輕種豬。拿破崙是農莊內唯一一隻波克夏種豬，身形巨大、長相凶狠、不擅言詞而且大家都知道他喜歡爲所欲爲。與拿破崙相比，雪球顯得較爲活潑，他口齒伶俐、見解獨到，但個人色彩沒有拿破崙鮮明。農莊內其他豬隻都是肉豬，其中最有名的是名爲尖叫者的小胖豬，他臉頰豐滿、雙眼閃爍、動作靈巧且聲音尖銳。尖叫者能言善道，在爭辯一些棘手的議題時，總習慣跳來蹦去並甩動尾巴，這動作莫名地具說服力，其他動物都說尖叫者能把黑的說成白的。

這三頭豬將老少校的教誨仔細整理成一套完整的思想系統，稱之爲動物主義。他們一週總會花上好幾晚，趁瓊斯先生入睡時在穀倉內舉行祕密聚會，向其他動物闡述動物主義的信條。剛開始動物們不是聽不懂就是沒興趣，有些動物會大談對瓊斯先生應有的忠誠，或者把話題轉到基本面上，例如「瓊斯先生餵養我們，如果他不見了，我們會餓死」。對他們來說，瓊斯先生是「主人」。有些動物會問其他問題，像是「我們爲什麼要去管死後才會發生的事情？」或者「如果抗爭一定會發生，我們出力與否有什麼差別？」豬隻們實在難以讓他們了解這與動物主義的精神相悖。其中最愚蠢的問題出自白色母馬莫莉之口，她問雪球的第一個問題是：「抗爭以後還會有糖吃嗎？」

「不會，」雪球肯定地說：「農莊裡沒有製糖機器。但是你到時也不需要糖了，你可以隨意享用所有的燕麥和乾草。」

「那我還可以在鬃毛上綁紅緞帶嗎？」莫莉問。

「同志，」雪球說：「你所著迷的緞帶是奴役的象徵，你難道不了解自由比緞帶更可貴嗎？」

莫莉表示同意，但聽起來不太服氣。

瓊斯先生養了隻特殊的寵物，就是烏鴉摩西。他是間諜，喜歡四處造謠，而且能言善道，對豬群來說，摩西所散布的不實說法更難處理。他聲稱有個神祕的地方叫糖果山，動物死後全會去那裡。他說，糖果山在天上雲間，山中一週都是星期天，苜蓿一年四季皆可見，籬笆還會長出糖塊和亞麻仁餅。摩西只會講故事從不做事，動物都很討厭他。但有些動物卻相信糖果山的確存在，所以豬隻們得要費盡唇舌讓他們明白世界上沒有這樣的地方。

豬隻們最忠誠的信徒是拳擊手與幸運草這兩匹拉車馬，他們非常拙於思考，在將豬視為導師之後，便全盤接收他們的一切想法，並以簡單的用語轉述給其他動物聽。這兩匹馬按時出席穀倉密會，還帶頭唱聚會末尾必唱的〈英格蘭之獸〉。

從結果來看，抗爭從開始到成功過程既快又輕鬆，出乎大家預料。過去幾年來，雖然瓊斯先生一直是個苛刻的主人，但也是名能幹的農夫，可是這陣子卻在走楣運，自從官司打輸賠了一筆錢後，瓊斯先生灰心喪志、常常酗酒。他會一連幾天窩在廚房的高背木椅上看報紙、喝酒，有時還拿沾過啤酒的麵包屑餵摩西。他的手下既懶散又不誠實，農田裡滿地雜草，倉舍屋頂年久失修，籬笆乏人整理，動物未能飽食。

到了六月，即將進入乾草收割期，今年仲夏夜為星期六，瓊斯先生在威靈頓的紅獅酒吧喝得酩酊大醉，隔天中午才回到農莊。他的手下一大早替牛擠過奶就出門獵兔去，完全忘記要餵動物。瓊斯先生回到家便睡倒在客廳沙發上，臉上還蓋著《世界新聞報》。動物們一直到晚上都沒進食，最後受不了了，有隻牛用角撞開貯糧庫大門，大家衝進去各自找食物吃。說時遲那時快，瓊斯先生突然驚醒，他和四名手下趕到貯糧庫，手持皮鞭四處亂抽。飢餓的動物忍無可忍，在沒有事先計畫的情況下不約而同撲向施虐者。來自四面八方的頭頂腳踢讓瓊斯及其手下意識到局面已經失控，他們從沒看過動物這樣子，過去任人鞭打虐待的牲畜轉眼發狂，嚇得這群人魂不附體。沒多久，他們放棄抵抗，拔腿就逃，沿著車道飛奔至大馬路上，動物們得意洋洋地在後頭追趕。

瓊斯太太從臥室窗戶向外望，看見底下發生的事情，急忙將一些家當往手提袋裡塞，從另一條路倉皇逃離農莊。而摩西則大聲地呱呱叫著，拍動翅膀飛離棲木跟在她身後。此時，動物們將瓊斯及其手下驅逐至大馬路上，一把甩上柵門。就這樣，在他們回神之前，抗爭便已成功。瓊斯被趕走，農莊屬於他們了。

最初幾分鐘，動物們簡直無法相信運氣會這麼好，他們做的第一件事是集體繞農莊跑一圈，彷彿是在確認沒人躲在莊內。然後他們回到倉舍，將瓊斯留下的可恨痕跡全部清除。動物們撞破馬廄內的農具房，口銜、鼻環、狗鍊以及瓊斯先生用來替豬羊去勢的殘忍利刃全被扔到井底。韁繩、籠頭、眼罩以及羞辱馬的飼料袋通通被丟進院子裡的垃圾火堆中，其中也包括鞭子。看著火舌吞沒鞭子，動物們歡喜雀躍。瓊斯在市集日總會在馬兒的鬃毛及尾巴繫上緞帶，這些也被雪球一併扔進火裡。

雪球說：「我們應該將緞帶看作衣服，這是人類的象徵，所有動物都該光著身子。」

聽完雪球這麼講，拳擊手咬起夏天戴來防止蒼蠅在耳邊亂飛的小草帽，拋進火裡一起燒了。

不一會兒，動物們摧毀所有和瓊斯先生有關的東西。拿破崙帶領大家回到貯糧庫，發給他們兩倍的穀物，每條狗也分到兩塊餅乾。接著他們唱起〈英格蘭之獸〉，從頭到尾一共唱了七次。隨後天色已晚，大家稍作休息便進入夢鄉，睡了場前所未有的好覺。

不過，動物們依舊在黎明時醒來，猛然想起昨天的光榮事蹟，全都往牧場跑。牧場附近有座小山丘能眺望整座農莊，大夥兒衝到那上面，在清澈的晨光中俯視四周。沒錯，農莊是他們的了，從這裡舉目所及皆爲他們所有！這念頭讓動物們欣喜若狂地蹦來蹦去，興奮得一跳就跳到半空中。動物們在露濕草地上打滾，滿口香甜的夏日青草，還一腳踢起黑色土壤，嗅聞濃郁的土香。然後，他們在農莊各處巡視，看著耕地、草地、果園、水塘和樹叢，欽歎得說不出話來，彷彿從未見過眼前景象。直到現在，動物們都還不敢相信，這些已全歸自己所有。

動物們魚貫打道回府，卻在農舍大門前默立良久，這裡也屬於他們了，但他們不敢進去。過一會兒，雪球和拿破崙以肩膀撞開大門，讓動物逐一入內，大家小心翼翼，生怕驚動什麼似地躡手躡腳察看每個房間，說起話來也輕聲細語，大家帶著敬畏的眼神凝視如此難以置信的氣派景象，映入眼簾的有羽絨床鋪、鏡子、馬鬃沙發、布魯塞爾地毯以及客廳壁爐上端的維多利亞女王平版畫像。下樓時，大家發現莫莉不見蹤影，回頭一找，才發現她待在最奢華的臥室裡。莫莉從瓊斯太太的梳妝台上銜來一條藍色緞帶擱在肩上，站到鏡子前顧影弄姿，舉止十分愚蠢。其他動物厲聲斥責她，之後便一起離開臥室。廚房裡掛了幾串火腿，動物們全拿出去埋了，貯物室內的酒桶也被拳擊手的蹄子踹破一個洞，除此之外，屋內其他東西都沒被動過。動物們當場無異議通過，保留農舍作爲博物館，而且任何動物都不准住在這裡。

吃完了早餐，雪球和拿破崙把動物們叫到跟前。

「同志們，」雪球說：「現在是六點半，接下來將是漫長的一天，我們要收割乾草，但在這之前還有一件事情得先處理。」

豬表示，他們從垃圾堆中撿來一本老舊的拼字練習簿，是瓊斯小孩不要的，結果成了豬隻們過去三個月來學習閱讀寫字的工具。拿破崙要動物拿來黑色和白色油漆，然後帶領大家到通往大馬路的柵門前。雪球（因爲他最會寫字）前蹄拿起刷子，塗掉柵門最上方橫木的「曼諾農莊」四個大字，改成「動物農莊」，作爲這座農莊今後的名稱。完成後，他們回到倉舍，雪球與拿破崙要動物搬來梯子，靠在大穀倉牆邊。他們解釋說，根據過去三個月的鑽研，豬群成功將動物主義的原則歸納成七誡，這七誡現在要寫在牆上，當作動物農莊內所有動物必須遵從的不變律法。雪球費了一番工夫（因爲要豬在梯子上保持平衡是件難事）才爬上梯子開始作業，尖叫者則在雪球下方托著油漆罐。在塗滿瀝青的牆壁上，雪球以斗大的白色字體寫下七誡，就算在三十尺外都看得見。此七誡爲：

一、雙足行走者皆爲敵人；
二、四足行走或者具翅膀者皆爲朋友；
三、不可穿衣；
四、不可睡於床上；
五、不可飲酒；
六、不可殺害其他同類；
七、動物一律平等。

牆上字跡工整，只是「朋友」寫成了「明友」，還有個「不」字筆劃錯誤，除此之外都正確無誤。雪球為其他動物大聲念出七誡，大家點頭如搗蒜，完全同意這些內容，比較聰明的動物更立刻將這些誡律默記起來。

「現在，同志們，」雪球丟下刷子高喊著：「到乾草地去吧！我們要收割得比瓊斯和他的手下快，當作是種成就。」

就在此時，三頭早已感到不適的牛放聲哞叫，已有一整天沒人幫她們擠奶了，她們的乳房飽漲欲裂。豬隻們想了一會兒，要其他動物取來桶子，由豬隻動手，相當順利地為牛擠出奶來，他們的蹄子很能適應這種差事。過沒多久，豬擠出五桶還帶著泡沫的鮮奶，吸引許多動物帶有幾分覬覦的目光。

「這些牛奶該怎麼處理？」有隻動物問道。

「瓊斯有時會加一些在我們飼料裡。」一隻母雞說。

「同志們，不要管這些牛奶！」拿破崙站在五桶牛奶前面叫道：「有動物會負責處理的，收割乾草比較重要，雪球同志會帶路，我幾分鐘後就到。同志們，前進！乾草在等著我們。」

於是動物們成群結隊走向乾草地，展開收割工作。晚上回到倉舍時，卻發現牛奶已經消失了。

第三章

動物們是多麼辛勤地在收割乾草啊！一切努力都是值得的，收成比預期還可觀。

工作有時比較費勁，畢竟那些農具是設計給人用的，而非動物。最讓人傷腦筋的是，沒有動物能使用僅靠兩隻後腳站立來操作的工具。然而，在面對難題時，聰明的豬總能找出解決之道。至於那些馬，他們對於田裡的事情瞭若指掌，事實上，還比瓊斯及其手下更清楚割草耙地的要訣。豬其實不用工作，主要負責指揮監督其他動物，他們學識較為淵博，理當作為領導人物。拳擊手和幸運草則負責拉割草機或者馬拉耙（現在當然不需要口銜、馬韁了），步伐平穩地在田裡來回作業，身旁還會有隻豬隨行，視情況喊著「同志，前進！」或者「同志，後退！」所有動物不分尊卑一起收集乾草，就連母雞和鴨也用嘴啣，在太陽底下往來運送。最後，收成完畢，他們的速度整整比瓊斯先生及其手下快了兩天！這還是農莊歷來收成最豐碩的一次，因爲母雞與鴨眼力敏銳，一根乾草都不放過，所以田裡沒有半點漏收之成。此外，動物們也不敢偷吃這些乾草半口。

那年夏天，動物們按時處理各項農事，像這種幸福日子，他們以前想都沒想過。每口食物皆帶來無比歡愉，因爲這眞眞正正是自己的食物了。他們自給自足，不需吝嗇主人施捨。寄生蟲般的無用人類遭到驅逐後，大家得到更多食物，空閒時間也增加了，這是動物們從未有過的經驗。但他們也碰到許多困難，比方說，由於農莊內沒有打穀機，所以在年底採收完穀物後，動物們得依循古法踩踏穀子，再吹走穀殼。碰到麻煩時，足智多謀的豬和力大無窮的拳擊手總能帶大家度過難關。拳擊手是所有動物仰慕的對象，他從瓊斯還在時就很勤奮，現在更是能完成三匹馬的工作，有時還一肩扛下所有差事。拳擊手從早到晚推這拉那，最棘手的部分總是由他處理，他還要一隻小公雞每天早半小時叫醒他，因爲他自願在每天工作開始前完成一些急待處理的事情。每次碰到問題或挫折，他的回答都是「我要更努力」，這句話儼然成爲他的座右銘了。

每隻動物各展其才，像母雞和鴨就幫忙拾回五蒲式耳*的穀子，大家不偷也不對配給量有所抱怨，以往司空見慣的爭吵、互咬和嫉妒幾乎消失，而且動物們無一（或者該說鮮少）偷懶。不過，有些動物就是貪圖安逸，莫莉不善於早起，還會拿石頭卡在蹄子裡當藉口提早結束工作。貓的舉止也有點詭異，大家發現一有工作貓就不見蹤影。她會索性失蹤幾小時，用餐時段或者晚上工作結束後才若無其事地再度現身。但她總有很棒的藉口，配上輕柔的嗚叫聲，讓動物們不得不相信她動機純良。老班傑明這頭驢子在抗爭之後似乎沒多大改變，他還是像在瓊斯時代一樣，做事緩慢而固執，雖不偷懶但也不會自願多

譯注

＊一蒲式耳在英國等於三十六點三六八公升，在美國等於三十五點二三八公升。

負責一些事情。他對於抗爭及其結果不予置評，如果動物問他，瓊斯走了是否覺得比較開心，他只會回答說：「驢子壽命很長，你們都沒看過死驢子吧。」而其他動物也只能接受這種隱晦的答案。

星期天不用工作，早餐比平常晚一小時，用餐後還有個每週都會進行的儀式。首先是升旗，雪球在農具房找到一塊瓊斯太太的綠色舊桌布，他拿來當作旗子，在上面畫上白色的蹄子和角，每週日早晨在農舍院內的旗杆上升起。雪球向大家解釋，綠色旗子代表英格蘭的綠色大地，蹄和角象徵推翻人類後所成立的動物共和國。升旗儀式過後，動物們一起進入穀倉集合，稱之爲聚會，目的在於規劃未來一週的工作以及提出建議事項並進行辯論。提出意見的都是豬，其他動物雖然曉得怎麼投票，但想不出什麼建議。辯論過程中，雪球和拿破崙的表現最爲活躍，不過，大家發現他們總是不認同對方，彼此意見相左。就算是已經決定好的事情，像是把果園後面那片小牧場留作年老動物安養天年的場地，這種提議大家都不會反對，但他們還是能針對各種動物的適當退休年齡展開激烈辯論。聚會總以〈英格蘭之獸〉作結，下午則讓大家休息。

豬將農具室獨立出來作爲總部，還從農舍找來各類書籍，內容含括鍛冶、木工及其他必備技術，晚上就在這裡研讀。雪球更忙著爲動物組織各種委員會，並且樂此不疲，除了安排閱讀及寫字課程，他爲母雞成立雞蛋生產委員會，替牛創辦尾巴清潔聯盟，還專門爲了馴化老鼠與野兔創設野生同志再教育委員會，此外也有綿羊專屬的白淨羊毛運動及其他更多各種不同的組織。但是，整體而言，這些規劃都不見成效。舉例來說，馴化野生動物這項行動幾乎是立即失敗。野生動物依然故我，還得了便宜就賣乖。貓也是再教育委員會的成員，有幾天表現很活躍，某天，其他動物看到她坐在屋頂，對著伸掌不及的麻雀說，所有動物現在都是同志，只要願意，任何麻雀都可以在她爪子上棲息，不過麻雀依然離得遠遠的。

閱讀及寫字課程倒是成效卓著，農莊內動物們幾乎都在入秋前多少認識了一些字。

豬早就善於閱讀寫字。狗閱讀學得很不錯，可是只對閱讀七誡感興趣。白羊穆里兒的閱讀能力比狗好一點，有時會從垃圾堆中找來破報紙，在晚上念給其他動物聽。班傑明的閱讀能力和豬一樣優秀，但從不善用這份能力，他說，就他所知，沒什麼值得一讀的東西。幸運草把所有字母學起來了，但是把字母拼成字卻是個難題。拳擊手只學到D，他會用大蹄子在地上寫出A、B、C、D，然後豎起耳朵站在原地盯著字母看，時而聳聳額毛，絞盡腦汁想記起接下來是哪個字母，但每次只是白費工夫。事實上，拳擊手有好幾次都把E、F、G、H學起來了，但是記住這四個字母卻忘掉A、B、C、D。最後，他決定對只會前四個字母感到滿足，還習慣每天練習寫一兩次來加強記憶。莫莉除了拼出自己名字的六個字母外，其他什麼都不想學，她常常拿樹枝工整地排出自己的名字，再摘一兩朵花來裝飾，接著繞著自己的名字不停讚美。

農莊其他動物頂多只能記住A，羊、母雞和鴨之類較爲愚笨的動物連七誡都記不牢。雪球左思右想，宣布七誡一言以蔽之即「四足善，雙足惡」。他說，這包含了動物主義的精髓，只要完全參透就能免受人類影響。鳥兒們起初持反對意見，因爲他們也算在雙足這邊，但雪球向他們證明事實並非如此。

「同志們，」他表示：「鳥的翅膀是飛行器官，而非操作事物的工具，所以應視爲腳。人類最明顯的特徵是手，萬惡皆源自於此。」

鳥兒們雖然搞不懂雪球的長篇大論，但還是接受這番解釋，於是，動物們很認真地想將新格言默背起來。「四足善，雙足惡」也寫在穀倉牆上，位置就在七誡上方，字體也比較大。羊群記牢這句格言後愛不釋口，躺在田野上時經常一齊咩咩叫著「四足善，雙足惡」、「四足善，雙足惡」，一叫好幾個小時，從不厭倦。

拿破崙對於雪球組織的委員會興趣缺缺，比起爲成年動物所做的一切，他認爲教育年輕一代更爲重要。收割完乾草沒多久，潔西和藍鈴正好產下九隻健壯的小狗，小狗一斷奶就被拿破崙帶走，說是要教育他們。他將狗兒安置在閣樓，那是一個得從農具房搭梯子才能上去的地方。小狗待在這麼隱密的空間，其他動物沒多久便忘了他們的存在。

牛奶消失之謎不久便眞相大白，原來被摻進豬群每天的飼料裡。青澀蘋果現已成熟，被風吹落在果園草地上。動物們認爲照例該均分這些蘋果，可是有天一道命令下來，要大家把被風吹落的蘋果都送到農具房供豬食用。有些動物感到不滿，卻也於事無補，因爲所有豬隻皆無異議，就連雪球和拿破崙也是如此，他們還要尖叫者去向其他動物做些必要的解釋。

「同志們，」尖叫者喊道：「希望你們不要以爲我們這些豬這麼做很自私，許多豬其實不喜歡牛奶和蘋果，我自己就是如此，我們只是想要靠這些食物保持健康。牛奶和蘋果（同志們，經由科學證明）含有健康豬隻不可或缺的重要養分。我們這些豬成天動腦，負責整座農莊的管理與組織，不分日夜捍衛各位的福利，所以，我們是爲了你們才喝牛奶、吃蘋果的。如果我們沒辦法工作，你們知道會發生什麼事嗎？瓊斯會回來！沒錯，瓊斯會回來！同志們，事實就是如此。」尖叫者跳來蹦去、甩動尾巴，近乎懇求地吶喊著：「你們都不想讓瓊斯回來，對吧？」

現在，如果要說有什麼事情是動物們百分之百肯定的，那就是不希望瓊斯回來。這番言論讓他們無話可說，維持豬的健康很明顯是件重要大事。也因此大家不再爭論，同意將牛奶和被風吹落的蘋果（以及絕大部分熟成採下的蘋果）留給豬食用。

第四章

夏天接近尾聲時，動物農莊所發生的事情已經傳遍半個威靈頓。雪球和拿破崙每天派鴿子到鄰近農莊去和那裡的動物往來，藉機宣傳抗爭事蹟並教他們唱〈英格蘭之獸〉。

這些日子裡，瓊斯先生大多待在威靈頓的紅獅酒吧，逢人便抱怨受到極爲不公平的對待，竟然被一群沒用的動物趕出自己的農莊。基本上，其他農夫對瓊斯頗爲同情，但起先並未提供太多幫助，只顧暗自算計能從瓊斯的不幸中撈到什麼好處。幸運的是，動物農莊附近有兩名農莊主人一直不對盤。其中一座農莊叫狐林，是座占地廣大但疏於照料的舊式農莊，莊內雜木叢生、牧場荒蕪且籬笆年久失修。擁有者皮金頓先生是個隨和、有禮貌的農夫，大部分時間不是釣魚就是打獵，依季節而定。另一座農莊名叫狹地，規模較小但管理得較好。擁有者腓特烈先生強勢又精明，永遠有打不完的官司，還是討價還價的高手。這兩人厭惡彼此、從不妥協，就算要他們捍衛共同利益也是難事一樁。

然而，動物農莊的抗爭行動卻讓他倆嚇壞了，很希望這件事情不要傳到自己養的牲畜耳裡。起先，他們裝模作樣地嘲笑動物自主的想法，還說這起事件半個月內就會終結，更宣稱曼諾農莊（他們無法忍受「動物農莊」一詞，所以堅持使用「曼諾農莊」）的動物彼此不斷鬥爭，即將餓死。不過，隨著時間流逝，動物們顯然沒有餓死。於是腓特烈和皮金頓改變論調，大談目前動物農莊內的醜惡行徑。他們說裡面的動物吃同類、用炙熱的馬蹄鐵互相虐待還共享雌性動物，根本違背自然法則。

其他動物對這種說法半信半疑，耳語流傳的是，有座迷人的農莊，沒有人類只有動物管理生活大小事。如此消息四處散播，愈傳愈虛妄不實，也使得英格蘭在那一整年裡興起陣陣抗爭浪潮。一向溫馴的公牛突然變得粗暴野蠻，羊群踏壞籬笆、吃光苜蓿，乳牛踢開奶桶，獵馬不願參與圍獵，反而把騎在身上的主人甩到一邊。更誇張的是，〈英格蘭之獸〉的旋律甚至歌詞傳遍各地，速度之快令人咋舌。人類每次聽到便怒不可遏，但表面上還是說這首歌很可笑，搞不懂爲什麼動物會唱這種垃圾爛歌。只要他們聽到哪隻動物在唱，馬上就是一頓抽打，但依舊止不住此起彼落的歌聲。畫眉於籬笆間啁啾囀唱，鴿子在榆樹上咕咕鳴叫，他們的歌聲與鐵匠舖的鏗鏘聲和教堂鐘聲融爲一體，人們聽到便默默驚怕，好似聽見末日預言。

十月初，穀物都已收割貯藏好，有些還去了殼。一天，一群鴿子在空中盤旋，十分激動地飛進動物農莊院子裡。他們說，瓊斯及其手下帶領另外六名來自狐林農莊和狹地農莊的人馬通過柵門，踏上通往動物農莊的車道。他們人手一棍，帶頭的瓊斯握著槍，目的顯然是要奪回農莊。

動物們早就料到這一切，已做好萬全準備。雪球在農舍找到一本舊書，內容描述凱撒大帝的戰績，他仔細研讀從而負責防禦工作。雪球迅速下達指令，過沒幾分鐘，動物們便各就各位。

人類逼近倉舍之際，雪球發動第一波攻勢，三十五隻鴿子同時出動，在人類頭頂上來回盤旋，同時從半空中排下糞便。正當人類忙著應付鴿子時，躲在籬笆後面的鵝衝了出來，朝人類小腿猛啄。不過，這只算是小規模作戰，目的在於製造混亂，人類靠著棍子便輕易趕走鵝群。雪球緊接著發動第二波攻勢，穆里兒、班傑明以及所有羊隻在他帶領下衝上前去，從四面八方對人類又撞又刺，班傑明轉過身以細瘦的後腳進行踹擊。但是人類的棍子和釘靴太過強勢，雪球尖嘯一聲，示意大家撤退，動物們轉身逃往院子。

人類勝利歡呼，以爲敵人已作鳥獸散，於是零零落落地在後頭追趕，這正合雪球心意。人類一進院子，原本在牛棚埋伏的三匹馬、三頭牛及其他豬隻全衝出來包抄。雪球再度示意攻擊，自己則一頭衝向瓊斯，瓊斯見他迎面而來，舉槍扣下扳機，子彈散粒在雪球背上造成數道血痕，更讓一頭羊當場死亡。雪球近百公斤的身軀當下便往瓊斯雙腿衝去，將他撞飛到糞堆上，槍也因而離手。然而，最駭人的場面當鬣拳擊手的攻擊行動，他如種馬般抬起前腿，巨大鐵蹄在半空中猛力一踹，一擊正中狐林農莊馬夫的腦袋，讓他倒地身亡。看到這一幕，有些人嚇破了膽，丟下棍子想逃，卻被追著滿院跑。他們被頂、被踹、被咬又被踩，每隻動物莫不依自己的方式報仇，就連貓也突然從屋頂跳到牧牛人肩上，利爪刮向他的脖子，牧牛人不禁痛得大叫。後來，通道空了一陣子，人類喜不自勝，趁機衝出院子，往大馬路奔去。最終，為時五分鐘的入侵行動換來落荒而逃，就跟來的時候一樣，鵝群在後頭追趕，一路猛啄他們的小腿。

所有人類都逃走了，只剩一人留在現場，拳擊手回到院子裡，舉起蹄子撥弄面朝泥濘、倒地不起的馬夫，試圖將他翻過身來，但馬夫一動也不動。

「他死了，」拳擊手傷心地說：「我不是故意的，我忘記自己戴了蹄鐵，誰相信我不是有心的呢？」

「同志，別再感傷了！」雪球身上的傷口流著鮮血，喊道：「戰爭就是戰爭，只有死人才是好人。」

「我並沒打算開殺戒，就算是人類我也不想置之於死地。」拳擊手眼含淚水，不斷重複這句話。

「莫莉在哪裡？」有隻動物驚叫出聲。

莫莉失蹤了，動物們一陣恐慌，擔心有人對她不利，或者直接將她擄走。然而，大家最後在莫莉的馬廄裡找到她，她躲在裡頭，頭埋在馬槽乾草中，原來莫莉在槍響時便倉皇逃走。動物們後來也發現，院子裡的馬夫只是嚇暈，醒來後已經趁大家尋找莫莉時溜走。

欣喜若狂的動物們再次集合，大聲細數自己在戰鬥過程中的英勇表現，一場即興的勝利慶祝會立即展開。他們升起旗幟，高唱〈英格蘭之獸〉數次，接著爲慘遭殺害的那隻羊舉辦隆重的葬禮，更在他墳上種下山楂樹。雪球在墓旁發表了一段簡短的演說，強調所有動物必要時都該爲動物農莊犧牲。

動物們無異議決定建立軍事動章制度，當下就授與雪球及拿破崙「動物英雄一等勳章」。那是枚黃銅製的勳章（其實就是農具房內找到的舊黃銅馬飾），可在星期天及假日時佩帶。此外，還有「動物英雄二等勳章」，頒給死去的羊。

動物們熱烈討論該如何稱呼這場戰爭，最後決定命名爲牛棚之戰，因爲突擊就是在牛棚發動的。他們在泥濘之中找到瓊斯先生的槍，再加上農舍內還留有彈匣，於是決定將槍立在旗杆底下，每年發射兩次，一次在十月十二日，也就是牛棚之戰週年紀念日，另一次則於仲夏日，即抗爭週年紀念日。

第五章

冬天腳步愈來愈近，莫莉也愈來愈讓人傷腦筋。她每天早上工作都會遲到，老是拿睡過頭當藉口，常常抱怨身體沒來由地疼痛，胃口卻出奇地好。莫莉會以各種推託之詞逃避工作，跑到水池邊傻傻地凝視自己的倒影。但是，聽說還有更嚴重的事情。有一天，莫莉快活地溜達進院子裡，邊走邊搖著長長的尾巴，嘴裡還嚼著根乾草，這時幸運草把她拉到一旁說話。

「莫莉，」她說：「我要跟你談件很重要的事情。今天早上，我看到你探頭望動物農莊和狐林農莊之間的籬笆。皮金頓的手下就站在籬笆另一邊，雖然我離你們有一大段距離，但是我的確見到他對你講話，你還讓他摸你的鼻子。莫莉，這是怎麼回事？」

「他才沒那麼做！我也沒讓他那樣！那不是眞的！」莫莉大聲叫道，接著來回踱步還伸出前蹄刨著地。

「莫莉，看著我！你願意用名譽保證，那個人沒有摸你鼻子嗎？」

「那不是眞的！」莫莉如此重複道，卻不敢直視幸運草，然後拔腿就往田地裡跑。

幸運草腦中閃過一個念頭，她並未向其他動物提起這件事，逕自前往莫莉的廄棚，以蹄子挑開稻草，結果在底下找到一些糖塊和好幾條不同顏色的緞帶。

三天後，莫莉不見了，有好幾個星期下落不明。之後才從鴿子的報告中得知她身處威靈頓另一邊，在一家酒館前幫人拉車。她拉的車外形精巧，顏色以紅、黑爲主。有個男人臉紅體胖，身穿方格子馬褲及綁腿，看起來像是酒館老闆，他摸著莫莉的鼻子並餵她糖吃。鴿子還說，莫莉神色自得地穿著全新剪裁的衣服，額毛上繫著一條紅緞帶。從此，動物們絕口不提莫莉。

到了一月，天氣十分惡劣，大地凍得像鐵一樣硬，田裡沒活可幹，因此大穀倉裡舉行了多次聚會，豬隻們全神規劃下一季的工作。所有動物都接受讓明顯比其他動物聰明的豬決定農務方針，不過，他們下的決定依舊得通過多數決。這樣的模式本來很不錯，但雪球和拿破崙卻造成問題。他們彼此意見不合，一見著機會就表態反對，如果其中一方建議多種一畝大麥，另一方一定會要求多種燕麥；如果其中一個說某塊田地適合種包心菜，另一個就非要說根莖類作物才是唯一選擇。他們各有支持者，雙方發生過幾次激烈辯論。在聚會中，雪球常靠出色演說取得多數動物認同，拿破崙則擅長於休息時拉票，他這招對羊群特別有效。近來，羊群迷上咩叫「四足善，雙足惡」，他們嘴裡無時不在嘟囔這句話，常因此害聚會中斷。大家還注意到，他們最常在雪球的演講進入高潮時突然大喊「四足善，雙足惡」。雪球在農舍找到幾本過期的《農人與畜牧者》雜誌，仔細研讀後，胸中滿是革新與改進計畫。他談起農地排水、飼料保鮮及鹼性爐渣等頭頭是道，還研擬出一套複雜的制度，要動物們每天直接在田裡不同地點排洩，以精簡運送所需勞力。拿破崙沒規劃過任何方案，總平靜地說雪球的方案終將失敗，而且看起來就是在等這一刻到來。這兩隻豬爭執良多，最嚴重的一次當屬風車建造計畫。

倉舍不遠處有塊狹長的牧場，那裡有座小山丘，是農莊內的最高點。經過一番地形考察，雪球宣布要在這裡建造風車，以此運作發電機，為農莊提供電力，一來用作廄棚照明，二來以備冬天時取暖，還能發動圓鋸、鍘草機、甜菜切片機與電動擠奶機。動物們以前從沒聽過這些東西（因為這是座舊式農莊，只有較為簡單的機器），大家目瞪口呆地聽著雪球講述這些神奇的機器將如何提供協助，讓他們能輕鬆地在田裡吃草，或者透過閱讀、聊天提升心智。

沒幾個星期，雪球便將風車建造圖完全設計好，細部構造主要參考瓊斯先生的三本書——《一千種蓋房子的有用技巧》、《人人都能當磚瓦工》及《電力學入門》。他把以前作為孵蛋室的棚子當書房，棚內平滑的木質地板很適合繪圖。雪球在裡面往往一待好幾個小時，他拿石頭壓著翻開的書，前蹄夾著一根粉筆，在裡面來回快速移動，隨著建造圖一橫一豎地被勾勒出來，時而發出細微的驚喜歎叫。建造圖慢慢出現許多複雜的曲軸和齒輪，畫滿了半片地板，其他動物雖然完全看不懂，但仍感到欽佩。動物們一天至少會來觀看雪球作圖一次，連母雞和鴨子都來，他們很小心地不去踩到粉筆痕跡。只有拿破崙對此漠不關心，他從一開始就表明自己對於風車建造計畫的反對立場。然而，有一天，他卻出乎意料地現身查看建造圖。拿破崙腳步沉重地在棚內走動，端詳每處細節，嗅了嗅建造圖一兩次，還站起來一會兒，斜眼盯著圖看。突然間，他抬起後腿，對圖撒了一泡尿，然後一語不發地離開。

農莊動物在風車計畫上歧見甚深，雪球不否認建造風車是棘手工程。大家要搬運石頭來蓋牆，還得製作風車翼，之後更需要發電機和纜線（雪球並未說明這些東西要從何取得）。但他強調這些事情可在一年內全部完成，並表示竣工之後將能省下許多勞力，大家每週只需工作三天。持反對意見的拿破崙則認爲，當下最需要做的是增加食物產量，如果浪費時間在建造風車上，大家最後都會餓死。動物們分成兩派，各自鼓吹「票投雪球，週休四日」以及「票給拿破崙，食物永豐足」。班傑明是唯一沒有選邊站的動物，他既不相信食物會豐足也不認為風車能節省勞力。他說，不管有沒有風車，生活還是一如往常，也就是同樣糟糕。

除了風車所帶來的爭端，農莊的防禦工事也是項議題。雖然人類在牛棚之戰吃敗仗，動物們都很清楚他們會捲土重來，甚至將展現更強烈的決心要奪回農莊、讓瓊斯先生再度掌權。人類這次敗績傳遍英格蘭各地，鄰近農莊的動物加倍難以駕馭，因此更有理由要討回顏面。不過，雪球與拿破崙依舊意見相左。拿破崙的見解是，動物們現在要做的是設法取得槍枝並學會用法。但雪球認為他們必須派出更多鴿子，煽動其他農莊的動物起而抗爭。拿破崙辯說，如果沒有自衛能力，那麼終將被打敗。雪球則強調，如果抗爭四起，自我防衛便不再需要。動物們聽完拿破崙的意見接著又聽雪球的觀點，無法決定誰說的對。事實上，他們發現，誰開口說話他們就買誰的帳。

這一天終於到來，雪球完成了建造圖，接下來的週日聚會將表決是否要造風車。當所有動物都到大穀倉集合後，雪球站起身，儘管偶爾受到綿羊咩叫聲干擾，仍向大家闡述造風車的理由。之後，拿破崙起而回應，他非常平靜地說，造風車十分無意義，要大家不要投它，說完旋即坐下。他開口僅三十秒，有說跟沒說差不多。此時，雪球一躍而起，對底下再度發出咩叫聲的羊群大喊，要他們安靜，並激昂地呼籲大家支持造風車。在此之前，動物們並未明顯贊同哪一方，但能言善道的雪球打動他們的心。他口若懸河地勾勒出動物農莊新未來，屆時動物們不再艱苦辛勞。他的夢想藍圖不只局限在鍘草機和蕪菁切片機，他表示電力將帶動打穀機、耕耘機、碎土機、滾筒式碾米機、收割機還有捆把機。此外，每座廄棚也將有獨立電燈、冷熱水以及暖氣機。雪球一閉口，便不難想見票會投給誰了。就在這個時候，拿破崙站了起來，以一種奇特的眼神睨視雪球，發出一聲尖叫，那種叫法其他動物從未聽過。

　　穀倉外傳來恐怖的吠叫，九頭配戴黃銅項圈的大狗跳進穀倉，筆直衝向雪球。雪球及時跳離座位，躲過大狗利齒，接著逃出門外，狗群則在後頭追趕。所有動物驚怕得說不出話來，他們蜂擁而出，觀看這場追逐行動。雪球使盡吃奶的力氣往前跑，快速穿越狹長牧場，往大馬路上逃，而狗已經快追上他了。突然間，雪球滑了一跤，原本是會被狗抓住的，但是他再度爬起來，以生平最快的速度狂奔，接著狗又逐漸縮短距離，其中有隻狗幾乎快咬到他的尾巴了，雪球及時甩開，加速衝刺。就在只差一小段距離便可逃出狗掌時，雪球卻摔進籬笆中的洞裡，失去了蹤影。

動物們嚇得張口結舌、魂不附體，偷偷溜回穀倉。沒多久，九頭狗再度跳進穀倉。一開始，大家都猜不到這些狗打哪來的，但問題馬上有了答案。他們是拿破崙當初從狗媽媽身邊帶走、私下調教的小狗，雖然還沒完全長成成犬，身形已然十分碩大，外表凶狠如狼。大家注意到，這些狗站在拿破崙身邊搖著尾巴，和其他狗對待瓊斯先生的方式如出一轍。

拿破崙在狗群簇擁下，走上老少校當初發表演說的高台，宣布從此取消週日朝會，因爲那沒必要且浪費時間。今後，所有農莊事務相關課題都將由豬群所組成的專責委員會處理。由他擔任委員會主席，豬隻委員私下開會，事後再將決議公告周知。不過，動物們週日早晨仍要舉行升旗典禮，唱〈英格蘭之獸〉，接受未來一週之工作分派，但不再進行任何辯論。

雪球遭到驅離令動物們大驚失色，這項公告更教他們沮喪不已。如果找得到適當的論點，很多動物都想抗議。就連拳擊手都覺得有點不快，他雙耳緊貼頭部，數度聳動額毛，很認真地想釐清思路，但終究無法發表任何意見。有些豬比較善於表達，像四頭坐在前排的年輕肉豬就發出刺耳的尖叫表達不滿，甚至站起來準備開口說話。但拿破崙身旁的狗立刻發出低吼聲，迫使這些豬閉口坐下。接著，羊群大聲咩叫「四足善，雙足惡」，喊聲持續近十五分鐘，終結所有討論的機會。

會後，尖叫者被派到農莊各處，針對此一新的安排向其他動物做解釋。

「同志們，」他說：「拿破崙同志將這份額外的差事往身上攬，我相信在場所有動物都很感謝他的犧牲。同志們，不要以爲當領導是件樂事！正好相反，那是沉重的責任。沒有動物能像拿破崙同志這般堅信所有動物一律平等，你們想自己作主，他高興都來不及了，但你們有時可能會下錯誤的決定，到時我們該怎麼辦？現在我們知道雪球跟罪犯一樣壞，假設你們當初支持他還有那番風車蠢話，結果會怎樣呢？」

有動物說：「他在牛棚之戰中英勇戰鬥。」

「英勇是不夠的，」尖叫者回道：「忠誠與服從更重要。至於牛棚之戰，一段時日之後，我相信大家就會發現雪球的表現被誇大了。紀律，同志們，鐵的紀律！這就是今天的口號。一步走錯，敵人就會擊垮我們，同志們，你們不想讓瓊斯回來，對吧？」

這項論點再次讓動物們啞口無言，因爲他們的確不希望瓊斯回來。如果週日朝會的辯論可能造成他重返農莊，那就該立即停止。拳擊手現在有時間好好思考，於是將自己的看法簡單說出來：「如果拿破崙同志這麼講，那就一定是對的。」從那時起，拳擊手除了座右銘

「我要更努力」外，又將「拿破崙永遠是對的」當作格言謹記在心。

此時，氣候回暖，春耕也已展開。雪球繪製風車建造圖的廄棚如今大門深鎖，大家都認爲地板上的建造圖已經擦掉了。每週日早上十點鐘，動物們都到大穀倉集合，接受新一週的工作指派。老少校的頭如今僅剩白骨，動物們將它從果園裡挖出來，放置在旗杆底下的台子上，就在槍旁邊。每次升完旗，動物們都得排成一列，恭敬地經過頭骨，再進入穀倉。現在，所有動物不像以前那樣全部坐在一起了，拿破崙、尖叫者以及一頭善於編歌寫詩、名叫小指的豬坐在高起平台的正前方，九條年輕的狗則以他們爲中心圍成一個半圓。剩下的豬隻坐在後頭，其餘動物則坐在穀倉中央空地上。在聚會中，拿破崙以軍人般一板一眼的語氣宣讀下週工作指令，接著大家合唱一遍〈英格蘭之獸〉便告散會。

雪球遭到驅逐後的第三個週日，拿破崙宣布風車還是要建造，這讓動物們有點意外。拿破崙並未解釋自己爲何改變心意，只提醒大家這份額外的任務將會非常艱辛，必要時可能還得減少食物配給。而建造計畫已經完全規劃好，沒漏掉任何細節，豬群所組成的專責委員會過去三週就是在處理這件事情。根據估計，建造風車加上其他各種改善工程總共得花兩年。

當晚，尖叫者私下向其他動物解釋，拿破崙實際上從未反對建造風車，相反地，這主意一開始是他提的。此外，雪球畫在孵蛋室地板上的建造圖其實是從拿破崙的文件中偷來的。事實上，風車是拿破崙的創作。有動物問道，爲什麼他當時要強詞反對？此時尖叫者一臉狡猾地回說，這就是拿破崙同志精明之處，他看似反對風車，其實是趕走雪球的手段。雪球是個危險角色，只會帶來不良影響。現在，雪球走了，計畫就能不受干擾順利進行。尖叫者表示，這就是所謂的策略。「策略，同志們，策略！」他帶著愉悅的笑聲一連重複好幾次，邊講邊跳來蹦去、甩動尾巴。動物們不是很懂這個字眼，但尖叫者語氣太有說服力，再加上他身旁剛好有三條狗發出威脅性的低吼，所以大家都不再追問，接受了他的說法。

第六章

那一整年裡，動物們如奴隸般工作，但他們樂在其中，不遺餘力也不吝犧牲。他們很清楚這一切爲的不是會偷走成果的怠惰人類，而是自己及後代子孫。

春夏兩季，動物們每週工作六十小時，到了八月，拿破崙宣布星期天下午也要工作，雖採完全志願制，但不參加的動物食物配給就會減半。即使到了這種地步，有些差事仍無暇顧及。收成不如去年豐碩，有兩塊地本來在初夏時分就該種植根莖作物，卻因沒有早點犁好而作罷。由此可想見，接下來的冬天將會很難熬。

建造風車的工程遇上意想不到的困難。農莊內有座藏量豐富的石灰岩礦場，動物們還在一間倉庫裡找到足夠的泥沙，建造風車所需材料一應俱全。然而，動物們首先面臨不知如何將石頭分割成適當大小的問題。這工作要用到十字鎬和鐵橇，但大家沒辦法以後腿站立，也就無法使用這兩樣工具。幾個星期徒勞無功之後，有隻動物想到了個好主意，那就是善用重力。無法直接取用的大石頭全擺在石灰岩礦場上，動物們拿繩子綁住，接著，牛、馬、羊等能夠拉繩的動物同心協力，必要的時候連豬也得加入，以極爲緩慢的速度將石頭往礦場斜坡上拉，再從坡頂把石頭推下，將它摔成碎片。相較之下，搬運碎石比較輕鬆，馬一車車拉，羊一塊塊叼，就連穆里兒和班傑明也拖著老舊的雙輪馬車，運送自己負責的那一份。夏天接近尾聲時，動物們收集好足夠的石頭，建造工程旋即在豬群監督下展開。

不過，準備過程既緩慢又吃力，光把一塊石頭拉到礦場斜坡上往往就得耗掉一整天的精力，而且石頭推下來以後，有時還不見得碎裂。此外，倘若少了拳擊手，什麼活兒都完成不了，他的氣力可比其他動物的總合，當石頭下滑，連帶將大家往下拉時，其他動物絕望地吶喊，而拳擊手總會拉緊繩子，穩住下滑的石頭。看到拳擊手在坡道上艱辛而緩慢地移動，氣喘吁吁，蹄子緊抓地面，全身滿是汗水，所有動物莫不敬佩。幸運草有時會提醒他，不要把自己逼得太緊，但他老是不以爲意，對他來說，「我要更努力」以及「拿破崙永遠是對的」這兩句口號足以解決所有問題。他原本和小公雞說好，要他每天早半小時叫他起床，現在變成提前四十五分鐘。儘管空閒時間不多，但是只要有機會，他就自個兒到礦場，收集一車碎石再拉到風車工地去，全程不靠其他動物幫忙。

雖說工作辛苦，動物們也不是整個夏天都過著水深火熱的生活，畢竟，就算他們的食物沒有多過瓊斯時代，至少不比當時差。只需餵飽自己，不用滿足五個奢侈人類，這是很大的優勢，失策不夠多還不至於產生影響。再說，從許多角度來看，動物做事情的方式更省時省力。舉例而言，除草之類的工作讓動物來做能比人類更爲徹底。再說動物們現在不會偷吃，所以沒必要把牧場與耕地隔開，也因此不用維修籬笆和柵門，省下許多力氣。然而，夏天一天天過去，各種料想不到的短缺逐一浮現，煤油、釘子、繩子、狗餅乾以及鑄造馬蹄鐵所需的原料，這些物資農莊都無法生產。雖然有各種不同的工具，而且風車將帶來機械化，但是種子及化肥也將面臨短缺。對於要如何取得這些物資，動物們束手無策。

星期天早上，動物們集合接受工作指派，拿破崙宣布，他制定了一項新政策，從今以後，動物農莊要與鄰近農莊進行貿易，當然不是以商業買賣爲目的，純粹是爲了取得一些迫切需要的物資。他表示，沒有什麼比滿足建造風車所需更爲重要。因此，拿破崙準備要賣一批乾草以及一部分今年收割的小麥，之後如果需要更多錢，那麼就得賣蛋，這種生意在威靈頓不怕沒買家。拿破崙說，這是母雞對於建造風車的特殊貢獻，理當欣然同意。

這一次，動物們又隱約感到不妥，不准和人類從事交易行爲，不准做買賣、不准碰錢，這不是最初的決議嗎？早在成功趕走瓊斯後的第一次聚會中便拍板定案，所有動物都記得當初通過了這些決議，或者說，至少他們認爲這件事情發生過。拿破崙廢除聚會時曾出言反對的那四頭年輕肉豬怯怯地提出異議，但馬上因爲狗狺狺咆哮而住口。

接著，羊群如往常一樣又突然大喊：「四足善，雙足惡！」使當時的尷尬氣氛隨之消散。最後，拿破崙舉起前蹄示意安靜，並宣布他已經安排妥當，動物們不用違背自己的心意與人類接觸，他會扛下這份重擔，而且住在威靈頓的溫普律師同意當動物農莊與外界之間的往來橋樑，每星期一早上會到農莊接受指示。語畢，拿破崙照例大喊：「動物農莊萬歲！」並在唱完〈英格蘭之獸〉後宣告散會。

會後，尖叫者整座農莊走了一回，安撫所有動物，他向動物們保證，當初並沒有通過禁止買賣、不得用錢的決議，甚至連提都沒提過，這完全是憑空想像，說不定是雪球造的謠。雖然有些動物仍存一絲疑惑，但尖叫者狡猾地問道：「同志們，你們確定不是作夢夢到的嗎？你們將決議記錄下來了嗎？決議白紙黑字寫在什麼地方了嗎？」因為這些決議的確沒有留下文字紀錄，所以動物們確信是自己記錯了。

每星期一，溫普先生都照約定前來農莊。他身材矮小，臉上蓄著落腮鬍，看起來老奸巨猾。身為律師，溫普主要經手極小規模業務，但敏銳的直覺讓他比其他人更早料想到動物農莊需要一名中間人，而且這工作將帶來豐厚的佣金。動物們看著他來來去去，心裡很是懼怕，無不盡可能避開他。不過，看著四腳站立的拿破崙對兩腳站立的溫普發號施令，令大家感到驕傲，也就多少對新政策釋懷了。現在他們跟人類的關係和以前大相逕庭，眼見動物農莊逐漸繁榮興盛，人類心頭恨意未曾稍減，事實上還更甚以往，每個人都相信動物農莊遲早會破產，而且風車工程會以失敗告終。人們常常在酒吧碰頭，以圖表向彼此證明風車會垮掉，就算眞的建好也沒辦法運作。儘管人類內心心不甘情不願，但還是得承認動物們管理事務的效率令人佩服，這帶來一些效應，其中之一就是人類不再假裝農莊的名稱叫曼諾，而改採動物農莊這個較爲恰當的字眼。他們也不再支持瓊斯，瓊斯則已放棄奪回農莊，搬到威靈頓其他地方去了。除了溫普先生，動物農莊與外界沒有任何聯繫，但有傳言說，拿破崙準備從狐林農莊的皮金頓先生和狹地農莊的腓特烈先生之間做選擇，簽訂具體貿易協定，但絕不會同時和這兩人簽約。

大概也是這個時候，豬群突然搬進農舍裡住了下來。動物們再次想起，以前曾經決議禁止這種作法，而尖叫者又再次讓他們相信事實不然。他表示，豬負責籌畫農莊大小事，絕對需要一個安靜的工作場所。再說，和豬圈比起來，屋子和尊貴的領袖（最近只要提到拿破崙，他就會加上領袖這個稱號）比較搭調。不過，一聽說豬隻不但在廚房用餐、把客廳當娛樂室，還睡在床上，有些動物感到很不快。拳擊手一如往常以「拿破崙永遠是對的」這句話帶過，但幸運草記得有明確規定禁止睡在床上，於是她跑到穀倉一角，試圖從寫在牆上的七誡看出端倪。幸運草只讀得懂個別字母，所以找來穆里兒。

「穆里兒，」幸運草說：「念第四誡給我聽。那一誡是不是說不能睡在床上？」

穆里兒費了些勁才將第四誡拼讀出來。

「上面是寫『不可睡於有床單的床上』。」她最後這麼說。

奇怪的是，幸運草完全不記得第四誡提到了床單，但是既然上面這樣寫，一定就是如此。此時，尖叫者在兩三條狗護衛下碰巧經過穀倉，於是特別釐清應該如何看待這整件事。

「同志們，你們已經聽說，」他說道：「我們豬群現在睡在農舍床上，對吧？這有何不可？你們該不會以為有什麼不准睡在床上的誡律吧？床不過是一個睡覺的地方，正確來說，廄棚裡的稻草堆也是床。誡律禁止的是床單，這是人類發明的東西。我們已經撤掉農舍裡每一張床的床單，只睡在毯子裡，這樣也夠舒適的了！但是，同志們，我可以跟你們說，和我們目前所進行的腦力工作相比，這種舒適度只是剛好而已。同志們，你們不會想讓我們不得安歇吧？你們不會想讓我們累到不能工作吧？你們都不希望看到瓊斯回來，對吧？」

動物們再次保證絕無此意，也不再對豬睡在農舍床上多說什麼。過了幾天，他們得知豬今後會晚一個小時起床，但也沒出言抱怨。

到了秋天，動物們雖疲憊卻開心，他們這一年過得很辛苦，賣掉部分乾草和穀物後，過冬用的貯備糧食並不十分充足。然而，風車建造計畫讓這一切都值得了。目前，風車蓋到一半，在秋收之後那段晴朗乾燥的日子裡，動物們吃力地搬運一塊塊石頭，幹的活比以往更重，但他們認爲，只要這麼做能讓風車邊牆多個三十公分，那就夠了。拳擊手連晚上都待在外頭，在仲秋滿月的光芒照耀下，獨力工作一兩個小時。閒暇之餘，動物們一圈圈繞著蓋到一半的風車散步，讚佩邊牆堅固高聳、驚歎自己竟然能蓋出如此雄偉的建築物。只有老班傑明對風車冷眼看待，他還是老樣子，常常說驢子活很久之類令人費解的話。

進入十一月，西南風呼嘯，氣候潮濕影響水泥拌製，建造工程因而延宕。一天夜裡，暴風來襲，農莊倉舍被吹得搖搖晃晃，穀倉屋頂還有幾塊瓦片飛走了。母雞們聽到遠方一聲槍響，不約而同醒過來，驚慌地咕咕叫。隔天早上，動物們走出廄棚，發現旗杆吹斷了，果園一隅還有幾棵榆樹像蘿蔔般被連根拔起。接著，動物們把注意力轉移到另一個地方，紛紛發出絕望的鳴叫，慘不忍睹的景象映入眼簾——風車垮掉了。

動物們一窩蜂往工地跑，一向緩步徐行的拿破崙衝在最前面。沒錯，全塌了。大家付出血汗的成果被夷爲平地，那些摔碎後再費力運來的石頭散落四處。動物們起先說不出話來，只是站在原地、悲傷地盯著地上的亂石。拿破崙一語不發地來回走動，時而嗅聞地面，僵直的尾巴迅速地左右甩動，這代表他正在沉思。突然間，他停下來，彷彿已釐清頭緒。

「同志們，」他平靜地說：「你們知道這是誰幹的好事嗎？你們知道是哪個敵人晚上到這裡破壞風車嗎？是雪球！」拿破崙忽然大叫，聲音像雷一樣響亮：「這是雪球幹的！他就是不安好心眼，想破壞我們的計畫，報自己被狼狽趕走之仇。這個叛徒在夜色掩護下潛進這裡，摧毀我們近一年的成果。同志們，我在此時此地宣判雪球死刑。將雪球就地正法的動物可獲得『動物英雄二等勳章』以及半蒲式耳蘋果，活捉他的可獲得一蒲式耳蘋果！」

一聽到是雪球犯下的惡行，動物們十分震驚，憤慨之聲不絕於耳，各個都想盡辦法要在雪球回來的時候抓住他。沒多久，山丘附近的草地上發現豬的足跡，雖然蹄印只有幾公尺，但顯然是往籬笆破洞的方向去，拿破崙使勁聞著，並對大家說這是雪球所留，他認爲雪球大概是從狐林農莊那個方向過來的。

「同志們，不要再拖延了！」調查完足跡以後，拿破崙喊道：「我們還有事情得做，從今天早上起，我們要重建風車，冬天、雨天、豔陽天都不休息。我們要給這叛徒一個教訓，讓他知道，要破壞我們的計畫沒那麼容易。同志們，記住，我們的計畫絕不改變，而且要即刻展開。同志們，前進！風車萬歲！動物農莊萬歲！」

第七章

這年冬天分外難熬，尾隨暴風來的是凍雨以及大雪。接著，寒霜凍結大地，一直到二月才逐漸溶化。動物們使盡全力重建風車，因爲他們很清楚外界都在看好戲，如果不能如期完工，妒火中燒的人類肯定得意叫好。

壞心腸的人類壓根兒不相信雪球是兇手的說法，他們認爲牆太薄弱才是主因，儘管動物們知道並非如此，但仍決定這次牆壁厚度要從先前的四十五公分增加到一公尺，這也意味著他們得採集更多石頭。礦場積雪好一段時間了，大家什麼事情都沒法做。接下來雖然仍有寒霜，但氣候較爲乾燥，動物們趁機工作，處境十分艱辛，使得他們不如往常般樂觀。飢寒交迫之下，只有拳擊手和幸運草沒有失去信心。

尖叫者憑著他那三寸不爛之舌，鼓吹爲農莊效力之喜悅與付出勞力之尊貴。然而，眞正激勵其他動物的是拳擊手的氣力，還有他一聲聲「我要更努力！」的叫喊，他的語氣永遠那麼堅定。

一月，食物短缺，穀物配給大幅縮水，原本說要以馬鈴薯替代，後來發現大部分馬鈴薯因當初種得不夠深而受到霜害。這些馬鈴薯既軟又爛且顏色異常，只有少部分能食用。結果動物們常常一連好幾天只吃粗糠和甜菜，饑荒近在眼前。

這件事情絕對不能讓外界知道，風車崩毀壯了人類的膽，有關動物農莊的謠言又起，再度有人聲稱農莊裡的動物即將餓死、病死，不但互相攻擊，還吃食同類、殘殺幼獸。拿破崙深知缺糧危機被人類知道會有什麼後果，於是決定利用溫普先生散布相反的消息。如今，溫普先生仍舊每週造訪農莊一次，但動物們從不和他往來，就算有，次數也屈指可數。現在，拿破崙挑了一些動物，其中大多是綿羊，他們在溫普身邊故作若無其事地談話，讓他以爲農莊的食物配給增加了。事實上，貯糧庫的貯糧桶幾乎見底，拿破崙於是要動物用沙填滿，再把剩餘的穀物、玉米粉鋪在上面。接著編了套適當的說詞帶溫普到貯糧庫晃一圈，更讓他看了幾眼貯糧桶。溫普因而被朦騙，繼續向外界表示動物農莊沒有缺糧危機。

然而，到了一月底，從他處取得更多穀物已是勢在必行。這些日子裡，拿破崙甚少露面，幾乎只待在農舍裡，每道門皆有外表凶猛的大狗看守。拿破崙每次現身都很隆重，像是舉行典禮一般，六條狗護衛左右，誰靠得太近就吼叫。星期天早晨集會也經常不見拿破崙身影，命令總交由其他豬宣布，通常是尖叫者代勞。

某個星期天早晨，尖叫者要剛下完蛋的母雞交出雞蛋。在溫普仲介之下，拿破崙接受了一份每週提供四百顆蛋的合約，買賣所得將用來購入足夠的穀物，讓農莊運作得以撐到夏天，缺糧情勢也能緩和下來。

母雞一聽聞此事便強烈反對，之前就有動物提醒她們或許得做這樣的犧牲，但她們從不相信會成眞。母雞們此時剛把春天要孵的蛋準備好，所以紛紛抗議說現在把蛋拿走根本就是謀殺。自瓊斯遭到驅逐以來，這是農莊內首次幾近抗爭的行動，母雞們在三隻年輕的米諾卡黑雞帶領下抵死不從，她們想到的法子是飛到屋椽上下蛋，讓蛋摔破在地上。拿破崙於是展開迅速而無情的反制行動，他下令停止提供母雞食物，更揚言處死任何給母雞糧食的動物，一穀一粟都不行，此命令由狗負責執行。母雞堅持了五天，最後終於屈服，回到雞舍。這段時間死了九隻雞，屍體葬在果園內，對外則宣稱是死於球蟲症。這件事情並未傳到溫普耳裡，農莊每週按時交蛋，由食品商的馬車載走。

這陣子皆不見雪球蹤影，大家傳說他躲在鄰近農莊內，不是狐林就是狹地。而拿破崙和其他農人的關係此時也稍有好轉，正巧院子裡疊了一堆木材，爲十年前清理櫸樹林所留，這時已經完全風乾，溫普便建議拿破崙賣掉這些木材。皮金頓先生和腓特烈先生爭相要收購，讓拿破崙下不了決定。大家發現，每當拿破崙打算賣給腓特烈時，就有消息說雪球在狐林農莊，而當他想賣給皮金頓時，狹地農莊就被傳作是雪球的落腳處。

早春時分，有件事情讓農莊陷入恐慌，那就是雪球晚上常常回來！廄棚內的動物受到干擾，難以入睡。大家說，雪球在暗夜掩護下潛進來，做各種壞事。他偷穀物、打翻牛奶桶、弄破雞蛋、踐踏苗圃還咬掉果樹樹皮，只要出問題，通常是雪球幹的。如果窗戶玻璃破了或者排水系統堵住，就會有動物言之鑿鑿地說是雪球晚上跑回來了。當貯糧庫的鑰匙不見時，全莊動物一致認爲是雪球把鑰匙丟到井裡。好笑的是，就算事後在一袋玉米粉底下找回當初放錯地方的鑰匙，大家還是這麼相信。此外，乳牛集體表示，雪球趁她們睡覺的時候偷跑進棚內擠她們的奶。更有甚者，在冬天製造不少麻煩的老鼠成了雪球同夥。

拿破崙下令清查雪球所有活動，在狗群隨侍下，他動身前往各倉舍，仔仔細細地檢查了一番，其他動物跟在後面，恭敬地保持一定距離。拿破崙每走幾步就停下來嗅一嗅，說是雪球如果在地上留下蹄印，他一聞就聞得出來。他嗅遍每個角落，從穀倉、牛棚、雞舍到菜園，幾乎所有地方都發現雪球的蹤跡。拿破崙將鼻子靠近地面，深深地嗅，然後語氣可怖地大叫：「雪球！他來過這裡！我聞得清清楚楚！」「雪球」兩個字一出口，所有的狗就齜牙咧嘴咆哮不停，動物們聽在耳裡血液簡直立即凍結。

大家完全嚇壞了，對他們來說，雪球彷彿成了某種無形的影響力，滲透進周遭空氣中，以各種不同的危險形式構成威脅。當天晚上，尖叫者把所有動物集合在一起，面帶驚懼地說他有個重要的消息。

「同志們！」尖叫者一邊緊張地跳來蹦去，一邊高喊：「我們發現一件最可怕的事情，雪球投靠狹地農莊的腓特烈了，現在正計畫攻擊我們、奪走農莊，而且進行攻擊時，雪球會當他們的嚮導。更糟糕的是，我們以爲雪球背叛只是因爲他愛慕虛榮、野心勃勃，但我們錯了。同志們，你們知道眞正的原因是什麼嗎？雪球從一開始就和瓊斯狼狽爲奸！他一直是瓊斯的密探，我們剛剛發現雪球留下的一些文件，裡面就能找到證據。同志們，在我看來，這解釋了很多疑點。在牛棚之戰中，雖然他詭計沒有得逞，但我們親眼看到他是如何想讓我們吃敗仗的，不是嗎？」

動物們呆若木雞，雪球做這件事情比他破壞風車要可惡得多。但大家花了幾分鐘才完全接受尖叫者說的話，因爲動物們記得，或者認爲自己記得，雪球在牛棚之戰帶領大家攻擊人類，每波攻勢都忙著重整、鼓勵大家，即便被瓊斯的槍彈射傷了背仍舊毫不退縮。起初，大家很難把雪球這樣的舉動聯想成他是瓊斯的手下，就連甚少發問的拳擊手也感到困惑。他趴了下來，前腳縮到身體底下，閉上眼費力苦思。

「我不相信，」他說：「雪球在牛棚之戰表現英勇，這是我親眼目睹的，我們在戰後不是還立即頒給他『動物英雄一等勳章』嗎？」

「同志，這是我們搞錯了，這全記載在我們發現的密件裡面，我們現在知道他當時其實是要引誘我們走向滅亡。」

「但是他受傷了，」拳擊手回道：「我們都看到他流著血衝向瓊斯。」

「這是他們的安排！」尖叫者嚷道：「瓊斯那一槍只是剛好擦過他的身體，如果你識字的話，我可以給你看雪球的親筆紀錄。他們的計畫是，要雪球在重要時刻逃跑，把農莊留給敵人，而雪球差點得逞了。同志們，我甚至得說，要不是我們有英明的領袖拿破崙同志在，他早就得逞了。瓊斯跟他的手下進入院子時，你們記得雪球突然轉身逃跑，而且有很多動物跟著他逃離戰場嗎？另外，當大家陷入恐慌，眼看大勢已去的時候，拿破崙同志一躍而出，高喊『殺死人類！』，並且一口往瓊斯的腿咬，這件事大家也不記得了嗎？同志們，你們都還記得，對吧？」尖叫者跳來蹦去地喊著。

尖叫者如此生動地描述當時情景，讓動物們以為自己對這一幕留有印象。不管怎麼說，他們記得雪球在大戰關鍵時刻確曾掉頭就跑。但是，拳擊手依舊有點不服。

「我不相信雪球從一開始就是個叛徒，」他最後開口說道：「他之後的所作所為是另一回事，但在牛棚之戰中，雪球是個好同志。」

「我們的領袖拿破崙同志很明確地表示，」尖叫者以緩慢而堅定的口吻說道：「同志，他明明白白地說了，雪球從最開始就是瓊斯的密探。沒錯，早在大家興起抗爭這個念頭之前就是了。」

「噢，那就不一樣了！」拳擊手回道：「如果拿破崙同志這麼講，那一定是對的。」

「同志，這樣的想法就對了！」尖叫者叫道，大家注意到他閃爍的小眼睛厭惡地瞥了拳擊手一下，接著轉身便要離去，卻突然又停下來，講了幾句讓動物們印象深刻的話：「我想提醒農莊內的每隻動物保持警戒，我們有理由懷疑，雪球的密探此刻正潛伏在我們身邊！」

四天後，接近傍晚時，拿破崙要所有動物到院子裡集合。等大家到齊後，拿破崙從農舍中走出來，身上佩戴著兩面勳章（他最近頒給自己「動物英雄一等勳章」和「動物英雄二等勳章」），手下九條大狗在身邊蹦跳還不時吼叫，嚇得動物們背脊發抖。大家安靜地縮在自己的位置上，彷彿預感到可怕的事情即將發生。

拿破崙嚴厲的目光掃視底下的動物，接著尖嘯一聲，身邊的狗立即跳上前去，一口咬住四隻豬的耳朵，不顧他們因疼痛與恐懼而發出的慘叫，把他們拖到拿破崙跟前。豬的耳朵流出鮮血，狗嚐到血的滋味，頓時更加瘋狂，其中三條狗此時往拳擊手身上撲過去，讓動物們大吃一驚。拳擊手看到狗撲過來，舉起大蹄子一腳將一條還在半空中的狗壓到地上，結果這條狗哀聲求饒，其他兩條也夾著尾巴逃跑了。拳擊手看了看拿破崙，想知道自己該踩死這條狗還是放他走。最後，他舉起蹄子，受了傷的狗便哀叫著逃離了。

這時，喧譁聲靜止，四頭豬渾身顫抖地等待著，臉上滿是罪惡感。此時，拿破崙要他們承認自己的罪行。其實他們就是當初拿破崙說要廢除星期天聚會時出言抗議的那四頭豬，不消進一步逼問，這些豬便坦承和雪球有祕密接觸，而且從他被驅逐的那天就開始了。他們一起破壞風車，還協議要將動物農莊送給腓特烈先生，雪球更私下向他們承認自己當瓊斯的密探已經好幾年。這四頭豬話一說完，馬上便被狗咬斷喉嚨。接著，拿破崙以十分可怕的聲音查問，是否有其他動物要坦承什麼事情。

雞蛋抗爭事件中帶頭的三隻母雞站了出來，說雪球曾來到她們夢中，要她們違反拿破崙的命令，結果她們也被殺了。之後，一隻鵝坦承他在去年收成時偷藏了六穗小麥，趁晚上吃掉。一頭綿羊坦承在飲水池裡小便，她說是雪球叫她這麼做的。語畢，又有兩頭綿羊坦承謀殺了一頭老公羊，這頭公羊是拿破崙的忠實追隨者，卻在咳嗽咳得厲害的時候被他們追著跑，在火堆旁繞啊繞，最後不幸喪命。這些動物皆被當場處死，還有許多動物也在坦承罪行之後處決。拿破崙跟前屍體堆積如山，空氣中瀰漫著濃厚的血腥味，這是自從瓊斯被驅逐以來就不曾出現過的氣味。

告解結束後，除了豬和狗以外，其他還活著的動物膽顫心驚地離開院子，他們飽受驚嚇、悲痛欲絕，但不知道哪件事情比較震撼——是遭到與雪球狼狽爲奸的動物背叛？還是親眼目睹的殘酷懲罰？以前常常有這樣血腥的場景，但動物們覺得這一次更糟糕，因爲是發生在動物之間。自從瓊斯離開農莊至今，沒有動物殺害過另一隻動物，連老鼠也沒死過半隻。動物們來到小山丘上，蓋到一半的風車還矗立在這裡，大家不約而同地趴下來，幸運草、穆里兒、班傑明、牛、羊還有一大群鵝和雞靠在一起取暖。實際上，所有動物都聚在這裡，除了貓以外，她在拿破崙命令大家集合之前就突然消失了。動物們沉默了好一段時間。只有拳擊手依舊站著，他煩躁地來回踱步，沙沙地甩動又長又黑的尾巴，時而發出細微的驚叫。最後，他說：

「我不了解，我不相信這種事情會發生在我們農莊裡，一定是我們哪裡做錯了，在我看來，只有更努力工作才是解決之道。從現在起，我每天早上都要整整早起一個小時。」

接著拳擊手步伐笨重地往礦場跑，到了那裡就不停工作，一連拉了兩車石頭到風車工地，直到晚上才休息。

其他動物靠在幸運草身旁，不發一語。他們所在的小山丘視野遼闊，整座動物農莊幾乎盡收眼底，狹長的牧場一直延伸到大馬路、乾草地、雜樹叢、飲水池。遠遠的那頭，耕地裡長著茁壯而青嫩的麥苗，農莊倉舍的紅色屋頂上有裊裊白煙從煙囪冒出來。這是個清朗的春季傍晚，青草和茂盛的樹籬在夕陽餘暉下閃閃發光，他們從來不曾像現在這般想要擁有這塊地方，而且還很驚訝地想到，這本來就是他們的農莊，這裡的每一寸土地都歸他們所有。幸運草往山坡下看，眼中盈滿淚水，如果她能夠將心情訴諸於言語，大概就是，這和幾年前推翻人類時的初衷大相逕庭。在老少校鼓動大家抗爭的那晚，恐懼和殘殺絕不在他們的期待之內。如果要她勾勒出一幅未來的景象，那會是個美好的社會，動物不再挨餓挨打，大家一律平等且各盡其能，強者會保護弱者，一如老少校演講那晚她拱起前腳保護沒了媽媽的小鴨子。她搞不懂爲什麼會走到這一步，凶猛咆哮的大狗四處巡邏，大家不敢暢所欲言，且眼睜睜看著同志們在坦承不當罪行之後被撕咬成碎片。幸運草心裡沒有一絲抗爭或違逆的念頭，她知道現在的情形遠比瓊斯在時好很多，而且避免人類奪回農莊是最重要的事情。不管發生什麼，她都得要保持忠誠、努力工作、完成自己的使命、服從拿破崙的領導。然而，這眞的不是她和其他動物日夜企盼、努力打拚所求的結果，他們建造風車、面對瓊斯的子彈爲的並不是這個。這就是幸運草的想法，只是她無法以言語表達。

最後，幸運草想到了個方式，多少能表達無法言喻的心情——她唱起〈英格蘭之獸〉。坐在身旁的其他動物也跟著唱起來，他們一連唱了三次，雖然歌聲優美，卻十分緩慢、哀傷，這種唱法以前從沒聽過。

唱完第三遍時，尖叫者在兩條狗隨同下走過來，一副有要事相告的模樣，他宣布，依照拿破崙特別命令，〈英格蘭之獸〉已經廢止，今後不准再唱。

動物們大吃一驚。

「爲什麼？」穆里兒嚷嚷道。

「同志，因爲沒必要唱這首歌了，」尖叫者語氣強硬地說：「〈英格蘭之獸〉代表抗爭，現在抗爭成功了，今天下午處決叛徒是最後的行動。如今，內神外鬼皆已剷除。我們唱〈英格蘭之獸〉是期待將來有個美好社會，現在，我們已經建立起這樣的社會，這首歌顯然沒有再唱的必要了。」

大家都很害怕，有些動物或許有意表示反對，可是羊群又在大聲咩叫「四足善，雙足惡」，一叫叫了好幾分鐘，最後討論草草結束。

就這樣，農莊內再也聽不到〈英格蘭之獸〉，而作詩大師小指則寫了另一首歌代替，這首歌開頭是這樣唱的：

動物農莊，動物農莊，
吾等絕不將汝傷！

每個星期天升完旗後，全體就會合唱這首新歌。但在動物心裡，新歌的歌詞和旋律都比不上〈英格蘭之獸〉。

第八章

幾天後，處決造成的恐慌退去，有些動物想起，或認為他們記得，第六誡是這麼規定的：「不可殺害其他同類。」雖然不想讓豬或狗聽到他們議論，但處決行動和這條誡律背道而馳，大家心知肚明。幸運草要班傑明念第六誡給她聽，當班傑明一如往常地表示不願涉入時，幸運草又去找穆里兒幫忙。穆里兒念給她聽，上面寫著：「不可無故殺害其他同類。」不知道為什麼，無故這兩個字從動物們的記憶中消失了。而現在，他們知道拿破崙沒有違反誡律，因為處死和雪球同謀的叛徒具有正當理由。

那一整年裡，動物們比往年更辛勤工作。他們要在預定日期之內重建風車，並且修築起比之前厚兩倍的邊牆。日常農事仍得兼顧，所付出的勞力十分驚人。有時候，動物們覺得自己工作時間增加了，食物配給卻不比瓊斯時代好。每個星期天早晨，尖叫者總拿著一張很長的紙條，念出紙上一長串的數字，證明各種食物的產量皆有成長。依種類不同，有的增加百分之兩百，有的增加百分之三百，有的更達到百分之五百。動物們沒有理由不相信尖叫者，尤其是現在他們已經記不得抗爭前的食物生產狀況。但他們有時候還是會希望能少點數字，多點食物。

現在，所有命令皆由尖叫者或其他豬隻下達，拿破崙每半個月才會公開露面一次。每次現身不但有狗護衛，還有隻黑色小公雞走在前頭。拿破崙開口說話前，小公雞會像號手般大聲啼叫。大家都說，即使在農舍裡，拿破崙也不和其他豬同室而居。他獨自用餐，只有兩條狗在旁服侍，而且還從客廳玻璃櫥櫃內找來皇冠德比高級餐具組，用以進食。豬更宣布，拿破崙生日要比照其他兩個紀念日，每年鳴槍慶祝。

現在，動物們講到拿破崙不再單單只叫他「拿破崙」，而會很正式地稱呼「我們的領袖拿破崙同志」。豬隻們還很喜歡幫他創造一些新的稱號，像是動物之父、人類剋星、羊圈守護者、小鴨之友等等。而尖叫者在發表演講的時候，每每談起拿破崙的聰明才智、慈善心腸、對各地動物的愛以及對其他農莊仍受奴役的無知不幸動物之特別關懷，總會說得涕淚縱橫。大家習慣將所有成就與各種好運都歸功於拿破崙，你常會聽到一隻母雞對另一隻母雞說：「在我們的領袖拿破崙同志領導下，我六天下了五顆蛋。」你也可能聽到兩頭在池邊快樂飲水的牛驚呼：「幸好有拿破崙同志領導我們，這水眞是太好喝了！」農莊內的普遍感受都呈現在名爲「拿破崙同志」的詩裡，這首詩由小指所作，內容如下：

失怙之友！
幸福之源！
飯桶之主！
啊，汝之眼神沉著威赫，

注視令吾心頭熱，
一如當空之日，
拿破崙同志！

偉大施予者，
各獸所求皆應允，
每日常得二餐飽，潔淨稻草作床靠；
眾獸無論大抑小，
廄棚之內享安眠，
萬獸看護者，
拿破崙同志！

一日使吾得後代，
於其長大成豬前，
縱使酒瓶麵棍小，

皆當學習忠誠表，
誠然，牙牙開口首句詞：
「拿破崙同志！」

拿破崙認可這首詩，還讓動物寫在穀倉牆上正對著七誡的位置。詩的上方是拿破崙的側身像，由尖叫者以白漆繪成。

同時，在溫普仲介下，拿破崙和腓特烈及皮金頓正進行著繁雜的談判。木材目前尚未賣出，兩個買家中，腓特烈意願較為強烈，但卻不想開個合理價錢。在這期間還有新的傳言，說是腓特烈和他手下正密謀攻擊動物農莊，打算摧毀風車這個讓他極為眼紅的建築物。據悉，雪球還躲在狹地農莊裡。仲夏時分，三隻母雞自承在雪球煽動下參與過一項謀殺拿破崙的計畫，動物們聽聞此事皆感到十分訝異。這些母雞立即遭到處死，拿破崙的安全重新受到關切。之後，夜裡總會有四條狗待在他床邊四個角落，負責看守工作。一條年紀較輕的狗名為粉紅眼，他負責在拿破崙進食前試吃所有食物，以免裡面有毒。

大概在這段時間裡，有消息說拿破崙打算把木材賣給皮金頓先生，而且動物農莊和狐林農莊準備簽訂一份長期協議，彼此交換物資。拿破崙與皮金頓之間的關係雖然仍靠溫普居中聯繫，但他倆現在可謂形同朋友。皮金頓是人類，所以其他動物不信任他，但至少他比讓動物們又懼又恨的腓特烈討喜得多。夏季時光緩慢流轉，風車即將竣工，有人會在近日發動奇襲的傳言甚囂塵上。據聞腓特烈打算帶二十名全副武裝的手下攻擊動物農莊，而且他已經花錢收買地方長官和警察，如果拿下動物農莊，那些人也不會過問。此外，狹地農莊裡傳出更恐怖的消息，事關腓特烈如何殘忍對待自己的動物，他活活鞭死一頭老馬、餓死乳牛、把狗丟進火爐裡燒死，而且晚上的娛樂是在雞爪上綁刮鬍刀片，看公雞互鬥。動物們聽到腓特烈對自己同志所做的一切，各個義憤填膺，時而鼓譟說要一起攻擊狹地農莊，驅逐人類、解放動物。但尖叫者勸他們別意氣用事，要相信拿破崙同志的策略。

動物們對腓特烈的反感情緒高漲不退。有個星期天早晨，拿破崙來到穀倉，向動物們解釋他從來沒有想過要把木材賣給腓特烈，說是和那種惡棍交易有損身分。之後，拿破崙禁止四處散布抗爭消息的鴿子在狐林農莊停留，還命令他們把原先的標語「殺死人類」改成「殺死腓特烈」。夏季接近尾聲時，動物們又發現雪球另一個陰謀詭計。那時小麥田裡長滿雜草，大家後來才搞清楚是雪球某天夜裡潛回農莊，把雜草種子和穀物種子混在一起。一隻公鵝當時祕密參與這項計畫，他向尖叫者坦承罪行，馬上被罰吞食有毒莓果自盡。這時，動物們也才知道（因爲他們之前一直以爲），雪球從來沒有獲頒「動物英雄一等動章」，這只是牛棚之戰後雪球散布的謠言。實際上他不但沒有獲得動章，還因爲在戰鬥中太過懦弱而遭到譴責。聽了這個說法，有些動物再度感到困惑。但尖叫者立刻說服他們，讓他們相信自己記錯了。

秋天裡，爲了兼顧作物的收成，動物們下足苦力。最後，風車終於建好，雖然機械裝置還沒裝上去，目前在等溫普處理購買事宜，但整體結構算是完成了。歷經重重困難，儘管動物們毫無經驗、工具原始、運氣不佳又遭遇雪球背叛，但風車總算在預定日期當天竣工了！動物們雖然筋疲力竭，但都感到十分驕傲，繞著自己的傑作一圈一圈走。在他們眼裡，這座風車比第一次建造的那座還要漂亮，而且它的牆壁有兩倍厚，除了炸藥其他東西都摧毀不了。動物們回想起自己付出多少勞力、克服多少障礙，只要風車翼開始轉動、發電機開始運作，他們的生活將會產生巨大改變。一想到這些，肉體的疲憊一掃而空，大家雀躍地繞著風車，一圈又一圈，不時發出勝利的呼喊。拿破崙在狗和公雞的伴隨下前來視察，親自恭喜動物們達成目標，宣布要將風車命名為拿破崙風車。

兩天後，動物們全被叫到穀倉參加一場特別聚會，拿破崙表示已經將木材賣給腓特烈，而腓特烈的運貨馬車明天就要來載走木材。這讓大家目瞪口呆，因爲這段時間裡，拿破崙和皮金頓表面上一直維持朋友關係，實際上卻和腓特烈達成密議。

動物農莊與狐林農莊斷絕往來，還捎了封極羞辱人的信息給皮金頓。拿破崙叫鴿子別去狹地農莊，並把「殺死腓特烈」的口號改成

「殺死皮金頓」。同時，拿破崙向動物們保證，奇襲動物農莊的傳言完全是空穴來風，關於腓特烈如何殘忍對待動物的小道消息根本言過其實，所有謠言八成是雪球和他的密探編造的。目前，雪球顯然沒躲在狹地農莊。事實上，他從來就沒有到過那裡，反而是住在狐林農莊，過著極爲奢華的生活，過去幾年都靠皮金頓吃喝。

拿破崙老謀深算讓豬隻們高興極了，他表面上和皮金頓化敵爲友，其實是要逼腓特烈多出十二鎊。尖叫者說拿破崙誰都不信任，就連腓特烈也懷疑，從這裡能看出他比我們睿智。腓特烈原本打算要用一種叫支票的東西來支付購買木材的費用，這東西似乎是一張紙，上面寫明付款承諾，聰明過人的拿破崙要求他把金額全換成五鎊鈔票來交易，而且木材送出農莊之前就要把錢送到。現在，腓特烈付清費用，他所支付的金額正好足夠買風車的機械裝置。

同時，腓特烈迅速將木材運離農莊。運送工作完結後，農莊穀倉內舉行了另一場特別聚會，動物們集合在一起檢查腓特烈的鈔票。拿破崙笑盈盈地安坐在平台稻草堆中，身上還配戴著兩面動物勳章，腓特烈的錢就擱在他身旁，整整齊齊地擺在從農舍廚房拿來的瓷盤上。動物們排成一排慢慢地走過瓷盤，大家仔仔細細把錢檢查了一次，拳擊手還湊上前聞了聞，輕薄的白色紙鈔隨著鼻息飄動，發出沙沙的聲響。

三天後，農莊內爆發大騷動，溫普臉色死白地騎著腳踏車往農莊直衝。到了院子裡，他把腳踏車一丟，逕自往農舍跑。拿破崙住處隨之傳來一陣可怕的怒吼，怒吼的原因像野火般迅速傳入每隻動物耳裡。那些鈔票是假的！腓特烈沒花半毛錢就得到了木材！

拿破崙立刻把動物們叫了過來，厲聲宣布處腓特烈死刑。他說等抓到腓特烈，一定要把他活活煮死。同時還提醒大家，這次騙局將帶來最糟糕的後果，腓特烈和他的手下任何時候都可能展開計畫多時的攻擊行動。因此，拿破崙在農莊各個通道部署哨兵，還派四隻鴿子到狐林農莊求和，希望能與皮金頓重修舊好。

就在第二天早上，敵手攻勢展開了，當時動物們正在用早餐，哨兵跑進來報告說腓特烈及其手下已經通過柵門，動物們莽撞地衝到他們面前，但沒有像牛棚之戰那樣輕鬆得勝。腓特烈那邊有十五個人，其中一半拿著槍，見動物們進入五十公尺範圍內便開始掃射。雖然拿破崙和拳擊手努力要重整勢力，但大家承受不了爆炸的威力以及尖銳的散彈紛紛往後退，其中有些動物早已爲槍彈所傷。他們在倉舍裡避難，小心翼翼地從牆壁裂縫和洞孔往外窺望，整片牧場還有風車皆爲敵人所占領。此時，就連拿破崙也有點悵然若失，他不發一語地來回走動，尾巴伸得又長又直，沉思的眼神不時望向狐林農莊。如果皮金頓和他手下願意幫忙，那還是有反敗爲勝的機會。然而，就在這個時候，之前派出去的四隻鴿子回來了，其中一隻啣著一張小紙條，皮金頓以鉛筆在上面寫下「你們活該」幾個字。

於此之際，腓特烈及其手下在風車前停下腳步，動物看著他們，紛紛發出失望的悲鳴，兩個男人拿著鐵橇和大錘，打算摧毀風車。

「那是不可能的！」拿破崙喊道：「我們把牆壁蓋得那麼厚，他們一個星期也沒辦法把它拆掉，同志們，我們要有勇氣！」

班傑明專心地注視這些人的一舉一動，只見手持鐵橇和大錘的兩個男人在靠近風車地基的部分鑽了一個洞。班傑明興味盎然地觀看著，緩緩地點了點長長的驢嘴。

「我是這麼想的，」班傑明說：「你們看不出他們在幹嘛嗎？他們等一下就會把火藥塞進那個洞裡。」

飽受驚嚇的動物們靜靜等待，現在要冒險離開倉舍的屏護是不可能的事情。幾分鐘後，他們看著人類四處奔逃，接著是一聲轟然巨響。鴿子朝空中亂竄，除了拿破崙以外，所有動物縮成一團。等大家站起來往外望時，一股黑煙罩住風車所在地，之後隨著微風慢慢飄散，此時，風車已不復存在！

看著眼前這一幕，動物們心中再度萌生勇氣，人類卑鄙無恥的行動令他們勃然大怒，先前所感受到的恐懼與失望消失無蹤。此時，復仇之聲大起，動物們不等拿破崙下令便集體向敵人筆直衝去，這次他們毫不在乎無情的槍彈冰雹般打在身上，一場凶猛暴烈的戰爭於焉展開。人類不斷開槍，又在短兵相接時改用棍棒抽打或隔著厚重的靴子猛踹，一條牛、三頭羊還有兩隻鵝都陣亡了，其他動物幾乎全掛彩，就連在後方指揮作戰的拿破崙也被散彈射中尾巴末端。不過，人類也並非毫髮無傷，有三個人被拳擊手的蹄子踢得頭破血流，還有個人被牛角劃破肚皮，潔西和藍鈴也幾乎把一個人的褲子咬成碎片。拿破崙命令護衛自己的九條狗以籬笆作掩護，出其不意地繞到人類的兩側去，再突然現身瘋狂吠叫，這引起人類一陣恐慌，他們發現自己被包圍了。腓特烈要手下見好就收，於是，這群懦弱的敵人爲了保住小命轉身便逃。動物一路追到農田另一端，最後，還在人類鑽過充滿荊棘的籬笆時補上幾腳。

動物贏了但疲憊不堪、血流不止，大家一拐一拐地緩步回到農莊，看到死去的同志僵直地倒在草地上，有些動物不禁哭了出來。動物們在風車曾經矗立之處停了一段時間，靜默無語、內心哀戚。沒錯，風車不見了，幾乎是一絲辛勤搭建的痕跡都沒留下！地基也有部分毀損。如果要重建，他們更沒辦法像上次那樣直接使用垮下來的石頭，因爲這次連石頭也全數無影無踪，爆炸的威力把石頭炸飛到幾百公尺外，現場就好像從來沒有建造過風車一般。

當大家走近農莊時，在戰爭中無故缺席的尖叫者終於現身，在大家面前跳來蹦去、甩動尾巴且一臉滿意。接著，動物們聽到從倉舍那邊傳來一聲肅穆的槍響。

拳擊手問：「爲什麼要鳴槍？」

「慶祝勝利！」尖叫者喊道。

「什麼勝利？」拳擊手反問，他的膝蓋淌血，蹄鐵掉了一塊，蹄子裂開，十幾顆散彈卡在後腿裡。

「同志，什麼勝利？我們不是把敵人趕出領土了嗎？動物農莊的神聖領土啊？」

「但是他們毀掉風車了，那花了我們兩年才蓋好的！」

「有什麼關係？我們可以再蓋一座，想要的話，蓋六座也行。同志，你沒意識到我們做了件大事，敵人一度占據我們現在所站的這塊土地，但是多虧拿破崙同志領導，我們又把它整個拿回來了。」

「這樣我們就拿回之前屬於我們的東西了。」拳擊手說。

「這是我們的勝利。」尖叫者說。

動物們跛著腳往院子裡走，拳擊手腿內的散彈造成劇痛，他知道接下來要重新建造風車，而且得從地基蓋起，已經開始幻想自己為了這份工作重新振作起來。但是，這一次，他首度意識到自己十一歲了，本來強壯的肌肉或許狀況大不如前。

然而，動物們看著綠色旗幟在空中飄揚，聽見火槍一連鳴響七次，拿破崙還發表了一段演說恭喜大家完成壯舉。最後，大家眞的認爲自己打了個大勝仗。動物爲戰爭中喪命的同志舉辦了隆重的喪禮，運貨馬車充當靈車，由拳擊手與幸運草在前頭拉著，拿破崙則走在隊伍最前端。之後，農莊舉行了兩天的慶祝，大家唱歌、致詞，鳴了很多次槍。所有家畜都收到一顆蘋果作爲特別禮物，家禽則獲得兩盎司穀物，狗群的獎勵是三塊狗餅乾。這場戰爭被稱爲風車之戰，拿破崙還另創一個新動章，叫做「綠旗動章」，並頒給自己。狂歡中，不幸的僞鈔事件也被淡忘了。

過了幾天，豬在農舍酒窖裡偶然找到一瓶威士忌，大家占領房子時都沒有注意到。當晚，農舍裡傳出宏亮的歌聲，教動物們訝異的是歌聲中竟然混雜著〈英格蘭之獸〉的旋律。九點半左右，大家清楚看見拿破崙戴著瓊斯先生的舊圓頂禮帽，從後門跑了出來，飛快地在院子裡繞了一圈，又回到屋子裡去。隔天早上，農舍內一片死寂，所有豬都還沒起床，快要九點的時候才看到尖叫者露面，他腳步緩慢、面容消沉、眼神黯淡、尾巴軟趴趴地垂在身後，怎麼看都是一副病懨懨的模樣。他把動物們集合在一起，說要宣布一件壞消息，拿破崙同志已經命在旦夕！

一時之間，哀嘆聲四起。農舍大門外鋪滿稻草，大家踮起腳尖走路，眼帶淚水地互問，萬一領袖離開他們該如何是好。有傳言說是雪球成功將毒藥放進拿破崙的食物裡，到了十一點尖叫者又出來宣布另一則消息，拿破崙臨走前，最後要訂定一條嚴令：飲酒者死。

然而，到了晚上，拿破崙覺得舒服多了。隔天早晨，尖叫者向動物們表示，拿破崙正順利復原中。當天晚上，拿破崙回到工作崗位。再到隔天，大家聽說他要溫普去威靈頓買一些關於釀造和蒸餾的書籍。一週之後，拿破崙下令將果園旁的那片小牧場闢為耕地，這裡原先是動物退休後養老吃草的地方，現在卻說牧草貧竭，得重新播種。可是，大家沒多久便發現，其實拿破崙打算種大麥。

差不多也是這個時候，農莊內發生了一件讓所有動物不解的怪事。有天半夜，院子裡砰的一聲大響，動物們衝出廄棚。在明月高掛的夜裡，他們看到穀倉寫著七誡的那面牆牆腳下有一把斷成兩半的梯子，尖叫者趴在梯子旁邊，一時回不了神，手邊還有一盞燈、一支油漆刷和一桶打翻了的白漆。狗群旋即圍在尖叫者身旁，等他能走路後便護送他回到農舍。所有動物都搞不懂這是什麼情形，只有老班傑明點著驢嘴，一副了然於心但不願多加評論的樣子。

幾天後，穆里兒自個兒念著七誡，發現大家又記錯其中一誡了。他們以爲第五誡是「不可飲酒」，但卻忘了另外兩個字，眞正的誡律是：「不可飲酒過量」。

第九章

拳擊手裂開的蹄子過了好長一段時間才復原，而動物們在慶祝活動後便著手重建風車。拳擊手連一天假都不肯放，忍著痛不讓其他動物發現，並以此爲榮。只有在夜裡，他才會私下向幸運草坦承受傷的蹄子造成他很大的麻煩。幸運草總會將咀嚼過的藥草泥敷在拳擊手的蹄子上，也常和班傑明一起勸拳擊手別那麼拚命，她說：「馬的肺不可能永遠不出問題。」但拳擊手就是不聽，總說他現在只有一個目標，便是在退休之前看到風車順利運作。

動物農莊的律法剛制訂時，馬和豬的退休年齡爲十二歲、牛十四歲、狗九歲、羊七歲、母雞和鵝五歲，而且還慷慨地規定要發老年津貼給退休動物。然而，至今還沒有動物領津貼退休，這個話題最近也愈炒愈熱。果園邊的小牧場現在被拿來種大麥，所以有傳言說，大牧場一隅將會以柵欄圈起來，改成退休動物養老吃草的地方。傳言還說馬的津貼是每日五磅穀物，冬天則爲十五磅乾草，法定假日有紅蘿蔔或蘋果吃。來年夏末，拳擊手就要過十二歲生日了。

這段時間裡，動物們的生活十分艱苦，冬天像去年一樣寒冷，糧食卻更短缺。因而除了豬和狗以外，其他動物的食物配給再度縮水了，尖叫者解釋說，太過強調配給平等有違動物主義原則。不管情勢如何變化，尖叫者總能輕易向其他動物證明食物實際上並沒有短缺。現在這種時候，配給是需要調整一下（「調整」是尖叫者慣用的字眼，他從不說「短缺」），但和瓊斯時代比起來還是好很多。尖叫者以刺耳又急促的聲音念出數據，仔細地向動物們證明，與瓊斯時代相較，目前貯藏的燕麥、乾草和蘿蔔更爲可觀、工時較短、飲用水較爲純淨、動物壽命更長、幼年動物存活率提升、廄棚內有更多稻草且跳蚤減少了，動物們全都信以爲眞。老實說，動物們已經幾乎記不得瓊斯和他那個時代的事情了。他們只知道目前的生活很艱苦，常常得挨餓受凍，而且睜開眼就是工作。不過，無庸置疑地，過去的日子比現在還慘，他們很樂意這麼想。尖叫者還不忘補上，以前大家是奴隸，現在則是自由之身，這可說天差地遠。

現在，農莊內有更多張嘴吃飯。秋天時，四頭母豬幾乎同時分娩，總共產下三十一頭雜色小豬。農莊裡的種豬只有拿破崙，因此他們的父母是誰並不難猜。豬宣布，等購得磚塊和木材後，農舍花園裡將會蓋一間教室。在那之前，拿破崙會在農舍廚房內親自教導這些小豬。小豬們在花園裡運動，禁止和其他幼年動物玩耍。也差不多這個時候，農莊內又多了一條規定，當一隻豬和其他動物在路上相遇時，其他動物必須站到一邊去。此外，每個星期天，所有豬隻不論身分都可以繫綠色緞帶在尾巴上，這是他們的特權。

農莊這一年萬事順利，但是財源依舊短缺，現在等著要買磚塊、泥沙和石灰來蓋教室，也得為風車的機械裝置再次存錢，還要添購農舍照明用的燈油及蠟燭、拿破崙專用餐桌的糖（他禁止其他豬隻吃糖，理由是他們會愈來愈胖）以及所有日常消耗品，如各種工具、釘子、繩子、煤炭、鐵絲、廢鐵和狗餅乾。目前，剩下的乾草還有部分馬鈴薯都賣掉了，賣蛋合約做了修改，每週交貨數量增加到六百顆蛋，結果母雞那年孵化的小雞不夠，造成雞隻總數下降。十二月才減少過一次的食物配給二月又縮水了，而且爲了節省燈油，廄棚禁止點燈。不過，豬隻過得似乎還滿愜意的，實際上甚至都胖了幾公斤。二月底某天下午，空氣中飄來一陣新鮮、濃郁、讓人垂涎三尺的香味，這股動物們以前從來沒有聞過的氣息從小釀造坊那兒傳遍整個院子。小釀造坊在廚房旁邊，瓊斯時代就已經廢棄不用。有動物說那聞起來像煮大麥的味道，動物們飢腸轆轆地嗅著，心裡猜測晚餐不知道有沒有暖呼呼的麥糊吃，但是並沒有什麼暖呼呼的麥糊。到了接下來的那個星期天，豬隻宣布今後所有大麥均歸他們食用。沒多久，有消息走漏，說每隻豬每天有一品脫的啤酒配給，拿破崙自己則享有半加侖，而且他的啤酒都用皇冠德比高級湯碗盛裝。

然而，舉凡碰到什麼困難，動物們多少會安慰自己現在的生活比以前更有尊嚴。農莊內有愈來愈多的歌曲、演講和遊行，拿破崙下令每週舉辦一次名叫「自發表演」的活動，目的在於讚揚動物農莊的奮鬥與勝利。指定的時間一到，動物們便得離開工作崗位，行軍般繞農莊一圈。遊行隊伍由豬帶頭，接著依序是馬、牛、羊、家禽，狗走在隊伍兩旁，最前面則是拿破崙的黑公雞。拳擊手及幸運草總一起咬著一塊綠色布條，上面畫有蹄子和角以及「拿破崙同志萬歲！」幾個大字。詩作朗誦會在遊行後舉辦，所有作品的主題都在歌頌拿破崙。接著則是尖叫者演講時間，通常在細數最近食物產量的增加情形。除此之外，時而會有鳴槍儀式。綿羊是自發表演最熱情的參與者，如果有動物犯嘀咕（有些動物偶爾會趁豬或狗不在身邊的時候發些牢騷），覺得這是在浪費時間，還得在寒冷的天氣中站那麼久，羊群便會放聲高喊「四足善，雙足惡」來讓抱怨的動物閉嘴。不過，動物們大致上還滿喜歡這些慶祝活動的，那讓他們體會到自己是眞正的主人、所做的工作都是爲了自己，進而從中獲得慰藉。在歌曲、遊行、尖叫者的一長串數據、鳴槍聲、雞啼聲和飄揚的旗幟中，動物們忘記飢餓之苦，或至少暫時將之拋到腦後。

四月時分，動物農莊宣布組成共和國，需要選出一位總統，而候選人只有拿破崙一個，所以全體贊成通過。同一天，有消息說找到了新的文件證據，能夠進一步證明雪球和瓊斯狼狽爲奸。而且現在看來雪球不只如大家所想的打算要詭計輸掉牛棚之戰，他還公開幫瓊斯做事。實際上，他才是人類的首領。衝進戰場時，他嘴裡喊的是「人類萬歲」。有些動物還記得看過雪球背上的傷，其實那是拿破崙咬的。

夏天過完一半，消失好幾年的烏鴉摩西突然回到農莊。他沒什麼改變，還是不工作，整天講糖果山之類的事情。摩西常常站在樹枝上，拍動黑色翅膀，一小時、兩小時地向有興趣的動物們敘述。「同志，在那上面，」他的黑色大鳥嘴指著天空，語氣嚴肅地說：「在那上面，你眼前那片烏雲的另一端，糖果山就在那裡，那是歡樂之地，我們這些可憐的動物到那裡就不需再工作，永遠得歇息！」摩西甚至聲稱他偶爾飛得很高，有一次曾飛到那裡去。他在山上看到綿延不絕的苜蓿，還有亞麻仁餅和糖塊長在籬笆上。很多動物相信摩西說的話，他們的理由是現在的生活又餓又累，世界上有個更美好的地方不是天經地義的事情嗎？不過，豬對摩西的態度曖昧不明，他們輕蔑地表示糖果山是編造出來的，可是卻又讓摩西繼續待在農莊裡，不需工作，每天還有四分之一品脫的啤酒喝。

拳擊手蹄傷復原後，工作比以往更加賣力。說實話，動物們那一年都如奴隸般工作，除了固定要處理的農事和重建風車之外，三月的時候又開始忙著爲小豬蓋教室。做得多吃得少有時總讓動物難以忍受，但拳擊手始終如一，他所說的每句話、所做的每件事都顯示自己的氣力一如過往，只是他的外表有了些許不同，皮毛變得較沒光澤，原本粗壯的後腿也消瘦了。其他動物總說：「等地上長出春草，拳擊手就會胖回來了。」然而，春草是長出來了，拳擊手卻沒有胖回來。在將石頭往礦場斜坡上拉的過程中，當拳擊手繃緊肌肉穩住又重又大的石塊時，他偶爾會覺得自己之所以能撐下去完全是靠意志力。每當這種時候，動物們就會看見拳擊手嘴裡默念著：「我要更努力。」幸運草和班傑明再次提醒拳擊手要注意健康，但他就是不聽，隨著十二歲生日即將來臨，他現在什麼都不在乎，只想在領津貼退休之前收集好足夠的石塊。

某個夏夜，太陽才剛下山不久，一個消息在農莊內傳開，說拳擊手出事了，當時他獨自出門拉了一車石頭到風車工地去。傳言是眞的，幾分鐘後，兩隻鴿子急急忙忙飛回來，說：「拳擊手倒下去了！他側身倒在地上，站不起來！」

農莊內半數動物皆往風車矗立的山丘衝去，拳擊手就倒在那裡，在推車的兩根把手之間。他脖子伸得長長的，頭抬不起來，眼神呆滯、全身冒汗，嘴裡還流出細細血絲。幸運草見狀，屈膝跪在拳擊手身旁。

「拳擊手！」幸運草喊道：「你還好嗎？」

「我的肺出問題了，」拳擊手有氣無力地說：「但是沒關係，我相信你們沒有我也能蓋好風車，現在，石頭已經收集得夠多了，而我大概只剩一個月能幹活。老實說，我一直很期待退休，而且，班傑明也愈來愈老了，或許他們會同意讓他同時退休，好跟我作伴。」

「我們得馬上求救，」幸運草說：「誰趕快去跟尖叫者說這件事情？」

其他動物全跑回農舍向尖叫者報告，只剩下幸運草與班傑明陪著拳擊手，班傑明不發一語地趴在他身邊，甩著長長的尾巴替他趕蒼蠅。約莫過了十五分鐘，尖叫者滿臉同情與關心地來到現場，表示拿破崙同志已經聽說這項萬分悲慘的消息，知道農莊最忠誠工作者的不幸遭遇，且已安排好要將拳擊手送到威靈頓的醫院去。大家對此覺得有些不妥，除了莫莉和雪球以外，其他動物沒有離開過農莊，也不希望生病的同志接受人類治療。然而，尖叫者輕易地說服了他們，他說威靈頓的獸醫比農莊動物更能診治拳擊手。大約半小時後，拳擊手比較好過一點，便吃力地站起身，一拐一拐地往馬廄走。在那裡，幸運草與班傑明已經爲他鋪好一層舒服的稻草。

接下來兩天，拳擊手都待在自己的馬廄裡，豬從浴室藥櫃中找到一大罐粉紅色藥水，由幸運草負責每天兩餐餐後餵拳擊手喝。在夜裡，幸運草待在拳擊手的馬廄內和他聊天，班傑明則在一旁幫他趕蒼蠅。拳擊手跟他們說自己不覺得難過，如果復原良好，那還能多活三年呢！他很期待生活於大牧場一隅的平靜時光，那將是他有生以來第一次有空好好學習以增長智慧，他表示打算用剩餘的時光來學習剩下的二十二個字母。

不過，班傑明和幸運草只有在工作結束以後才能陪拳擊手，而他就在某天中午被有篷大馬車運走了。當時，動物們在豬監督下於蘿蔔田裡除草。突然間，班傑明從倉舍那裡跑來，並且放聲大叫，讓大家嚇了一跳，這是他們第一次看到班傑明這麼激動。實際上，這是大家第一次看到他跑起來。「快點！快點！」他嚷嚷著：「趕快過來！他們要把拳擊手帶走了！」動物們不等豬下令，馬上丟下工作往倉舍跑。想當然耳，院子裡有一輛車門緊閉的馬車，前頭有兩匹馬拉著，車身還刻了些字，車夫座坐了一名面容狡獪的男人，頭上的圓頂禮帽帽沿壓得低低的。拳擊手的馬廄空空如也。

大家擠向馬車，齊聲喊道：「再見！拳擊手，再見！」

「傻瓜！傻瓜！」班傑明大聲叫道，他繞著動物們跳來蹬去，瘦小的蹄子不停跺著地面：「傻瓜！你們沒有看到馬車那一邊寫了什麼字嗎？」

這讓大家停了下來，現場頓時一片靜默。穆里兒慢慢地拼出車身上的字，但班傑明將她推到旁邊，在一片死寂中念道：

「『阿飛席蒙斯．威靈頓屠馬商兼煮膠商．皮毛與骨粉販售商．狗屋供應商』，你們不明白那是什麼意思嗎？他們要把拳擊手送到屠馬業者那裡去！」

所有動物嚇得尖叫，此時，車夫座上的男人抽打馬匹，馬車輕快地駛出院子。動物們跟在後頭，使盡全力大叫，而馬車速度愈來愈快，幸運草擠到前頭，試著要抬起肥胖的四肢加速奔跑，但速度僅僅差強人意。「拳擊手！」她大喊：「拳擊手！拳擊手！拳擊手！」就在這個時候，拳擊手彷彿聽到外頭的喧嚷，把那張白色條紋一直延伸到鼻頭的臉湊近馬車後頭的小窗。

「拳擊手！」幸運草厲聲叫道：「拳擊手！出來！快出來！他們要把你送去屠宰場！」

所有動物跟著喊：「出來，拳擊手，出來！」但馬車已經加速駛離，大家不確定拳擊手是否聽懂幸運草對他說的話。過沒多久，他的臉消失在窗後，接著，車內傳來蹄子踹擊的巨大聲響，拳擊手試圖要踹破車門。只差幾下就能把車門踢成碎片了，可是，唉！拳擊手已經氣力用盡，蹄子踹擊聲愈來愈弱，最後終於消失。絕望之餘，動物們不斷懇求拉馬車的那兩匹馬停下腳步，他們叫道：「同志們！同志們！不要把你們的弟兄帶去送死！」但這兩頭笨馬完全不知道發生什麼事情，只管把耳朵貼緊頭部並加快速度。拳擊手的臉沒有再次出現在窗戶另一邊，一切都太遲了，有動物想衝到前面去關上柵門，可是馬車已然通過，迅速消失在路的那一頭。從此，大家沒有再見過拳擊手。

三天後，大家得知，拳擊手在威靈頓的醫院內接受各種適合馬的治療方式，但仍舊回天乏術。尖叫者向其他動物傳達這則消息，還表示自己陪拳擊手走完最後幾個小時。

「那是我這輩子見過最感傷的一幕！」尖叫者一邊舉起蹄子拭淚一邊說：「我一直到最後都待在他床邊，幾乎沒有力氣說話的拳擊手在我耳邊輕輕地說，他唯一的遺憾是沒能在死前看到風車完工。他還細聲喊著：『同志們，前進！以抗爭之名前進。動物農莊萬歲！拿破崙同志萬歲！拿破崙永遠是對的。』同志們，這就是他最後的遺言。」

一說完這段話，尖叫者態度突然改變，先是沉默了一會兒，小小的眼睛滿是猜疑地掃視在場動物，然後才又繼續講下去。

他表示，在拳擊手被送走的時候，聽說動物之間流傳著一個愚蠢、缺德的謠言。有些動物注意到，載走拳擊手的馬車上標有「屠馬商」幾個字，於是便下了個結論，說拳擊手被送到屠馬業者那裡去了。尖叫者說，有動物笨到這種地步實在讓他不敢置信，他跳來蹦去、甩動尾巴憤慨地說，你們應該知道，親愛的領袖拿破崙同志不會做這種事情，對吧？事情其實非常單純，那輛馬車先前為屠馬業者所有，之後由獸醫買走，只是車身上的舊名字還沒塗掉，這就是產生誤會的原因。

一聽完解釋，動物們大為寬心。尖叫者進一步生動描述拳擊手死前所躺的床、當時所接受的完善照護以及拿破崙不計價格所購買的昂貴藥物，這讓大家的疑慮一掃而空。至少，拳擊手走得很愉快，想到這裡，同志死去的哀傷不再那麼強烈了。

拿破崙在接下來那個星期天的早晨聚會中現身，簡短地發表了一段演說頌揚拳擊手。他說大家都很懷念這位同志，雖然沒辦法將他的遺體運回農莊安葬，但他已下令從農舍花園採摘月桂做成大花圈，送到拳擊手墳上。此外，豬群還打算在幾天後舉辦拳擊手追悼宴。演講末尾，拿破崙重述了一次拳擊手最愛的兩句格言：「我要更努力」、「拿破崙同志永遠是對的」，他表示所有動物都該謹記在心。

追悼宴當天，一輛從威靈頓來的食品商馬車進入農莊，在農舍外擱下一只大木箱。當晚，農舍內傳來喧鬧的歌聲，接著似乎是一陣劇烈爭吵。十一點左右爆出了巨大的玻璃碎裂聲，之後一切歸於平靜。農舍裡的豬一直到隔天中午才醒來，有傳言說豬不知道從哪籌到錢，買了一箱威士忌。

第十章

四季流轉，數年經過，壽命較短的動物先後死去。如今，除了幸運草、班傑明、烏鴉摩西和一些豬，其他動物都不記得抗爭以前的事情了。

穆里兒已死，藍鈴、潔西與品契爾亦然，就連瓊斯也走了，他死在威靈頓其他地方，一個酒鬼家裡。而大家都把雪球忘了，拳擊手的事情也只剩下一小部分認識他的人記得。如今，幸運草是頭年邁的肥胖母馬，關節僵硬還經常流眼油，她的年紀已經超過退休年齡兩年。然而，沒有動物眞的退休了，以前大家都在討論，大牧場一隅會獨立出來爲退休動物所用，但這已經好久沒有動物提起。拿破崙現在是頭一百五十多公斤重的成年種豬，尖叫者則胖到很難睜開眼。只有老班傑明一如過往，差別僅在於嘴邊的毛花白了些，自從拳擊手死後，他更加孤僻寡言了。

農莊的動物數量增加幅度雖然不如早年預期的高，但也相當可觀。許多新生命只透過口耳相傳得知抗爭這個不清不楚的傳說，而從外頭買來的動物在進到農莊前都沒聽過這件事情。除了幸運草以外，農莊現在多了三匹馬，他們身強體壯、任勞任怨，各個都是好同志，可是非常愚笨，字母頂多學到B。這三匹馬對抗爭的故事還有動物主義全盤接受，還特別聽幸運草的話，因爲她就像他們的母親。然而，大家懷疑他們聽得懂多少。

農莊現在更繁榮、更井然有序，甚至還從皮金頓那裡買了兩塊地。風車最後終於順利完工，目前農莊有打穀機及乾草堆高機，多蓋了幾棟不同的建築物，溫普則添了輛雙輪馬車。風車始終沒能用來發電，只當作穀物磨坊，但爲農莊帶來了豐厚的收入，動物們正努力建造第二座。大家說，等這座風車蓋好就會裝上發電機。不過，雪球當初爲動物們勾勒出的美好夢想，像是有電燈及冷熱水的廄棚還有週休四日等，都已不再被提起。拿破崙譴責這些夢想違反動物主義精神，他說最實在的幸福乃是辛勤工作、儉樸生活。

不知道爲什麼，雖然農莊欣欣向榮，動物們似乎沒有比較富足。當然，豬和狗例外，或許這多少是因爲莊裡有太多豬、狗。他們並非不工作，而是做的事情不一樣。尖叫者總不厭其煩地解釋，他們要忙著監督，好維持事情的條理，這差事怎麼做也做不完，更有很多地方是憑其他動物的智慧所無法理解的。尖叫者舉了例子，豬每天得花費大量精力在一些謎般的事情上，如「卷宗」、「報告」、「筆記」還有「備忘錄」，這些全是很大張的紙，上面要寫滿密密麻麻的文字，寫好後立即丟到火爐裡燒掉。尖叫者表示，這工作對農莊福利影響至鉅。但話說回來，豬和狗不事生產，偏偏他們數量龐大且胃口很好。

至於其他動物，照目前看來其實沒什麼改變。他們常挨餓、睡在稻草上、喝水池水、在田裡工作、冬天受冷、夏天被蒼蠅騷擾。有時候，年紀較長的動物努力探索模糊的記憶，試圖判定現在的生活是否好過抗爭成功初期，也就是瓊斯剛被趕走的時候，但什麼都記不得了。他們找不到東西來跟目前的生活比較，唯一的參考只有尖叫者的一長串數據，那些數目總是顯示一切愈來愈美好。動物們發現這個問題根本無解，然而不管怎樣，他們現在也沒什麼時間能思考。只有老班傑明聲稱自己記得這漫長的一輩子發生過的所有細節，而且知道生活從來沒有變好或變壞，以後也將如此。他說，飢餓、困苦、失望，這些都是生活中改變不了的定數。

不過，動物們從未放棄希望，而且身為動物農莊一員的榮譽感與優越感一直存在於他們心中，片刻未曾消逝。他們依舊是整個國家——整個英格蘭！唯一一座歸動物所有、由動物經營的農莊，動物們總對此驚嘆不已，就算是最年輕或者從幾十公里外的農莊被帶來的新成員也不例外。聽著槍響，看著綠色旗幟在旗杆上飛揚，這些動物內心便洋溢著永不磨滅的驕傲感。聚會演講總會談到過去那段英勇歲月，像是驅逐瓊斯、塗寫七誡以及幾場擊敗人類入侵者的偉大戰爭等等。動物們沒有放棄任何舊日夢想，老少校所預言的動物共和國，領土上那片毫無人類足跡的英格蘭綠地，仍是大家心中的信仰。這個夢想有天會實現，或許不會馬上成眞，或許目前活著的動物皆無法親眼見證，但總有那麼一天。農莊內的動物大概還會偷偷地哼唱〈英格蘭之獸〉，不管怎麼說，其實莊內每隻動物都知道這首歌，只是不敢大聲唱出來。他們的生活或許艱辛，心中的希望或許沒有全部達成，但他們很清楚自己和其他動物不一樣。他們挨餓並不是因爲要餵飽暴虐的人類，他們辛勤工作至少是爲自己努力，他們之間沒有誰是靠兩隻腳站立的，也沒有誰要叫誰「主人」，所有動物一律平等。

初夏某一天，尖叫者命令羊群跟他走，把他們帶到農莊一端的荒地去，那裡長滿了樺樹苗。在尖叫者監督下，羊群吃了一整天樹葉。到了晚上，尖叫者獨自回到農舍，因爲天氣暖和，所以他要羊群留在原地。他們在那裡待了整整一個星期，這段時間裡，其他動物沒見著半頭羊。尖叫者每天大部分的時間都和羊群在一起，說是在教他們唱新歌，得選在安靜的地方進行。

羊群回來後沒多久，一個舒服的夜裡，動物們結束工作回到倉舍，院子裡突然傳來可怕的馬嗚聲，大家嚇了一跳，紛紛停下腳步。

那是幸運草的叫聲，她再度嘶鳴，所有動物趕忙衝向院子，幸運草所見畫面映入大家眼簾。

一頭豬正在用後腿走路。

沒錯，是尖叫者，他走路的樣子有點笨拙，彷彿還不太習慣以這種姿勢來支撐龐大的身軀，但步伐很平穩，他正在院子裡散步。之後，一長列豬群從農舍大門內走出來，全部用後腿走路，有些走得比其他好，然而其中一兩頭豬甚至有點不穩，看起來好像需要枴杖，不過這些豬各個成功繞了院子一圈。最後，一陣凌厲的狗叫和黑公雞刺耳的啼叫後，拿破崙直挺挺地走了出來，高傲的目光掃視四周，狗群在他身邊蹦蹦跳跳。

拿破崙蹄子夾著一根皮鞭。

現場一片死寂，動物們驚恐地擠在一起，看著豬列隊在院子中緩慢繞行，彷彿整個世界顛倒過來了。第一時間的震驚消退後，動物們突然覺得，雖然狗很恐怖，而且大家那麼多年下來已經習慣對任何事情不抱怨、不批評，但這次該不顧一切地表達些反對意見吧。就在這個時候，所有羊群彷彿接收到暗號齊聲咩叫：

「四足善，雙足更善！四足善，雙足更善！四足善，雙足更善！」

咩叫聲毫不停歇地持續了五分鐘，等到羊群靜下來，大家也沒機會抗議了，因爲豬群已經走回農舍裡。

班傑明覺得有動物用鼻子頂他肩膀，回頭看才發現是幸運草，她雙眼老花得比以往更嚴重了。幸運草一語不發地咬著班傑明的鬃毛，把他拉到大穀倉一頭，寫著七誡的那面牆邊。他們站在這面塗滿瀝青的牆壁前，盯著上面的白色字體看了一兩分鐘。

「我眼睛快不行了，」幸運草最後開口道：「就算是年輕的時候，我也讀不懂上面的字，但這面牆看起來好像有點不同。班傑明，七誡的內容依舊是那樣嗎？」

這一次，班傑明同意破個例，將牆上寫的東西念給幸運草聽。如今，這面牆上什麼都沒有，只有一條誡律，內容是：

所有動物一律平等，
但有些動物比其他動物更爲平等。

這之後，到了第二天，豬在監督農事時，蹄子上總會夾條皮鞭，他們買了無線收音機，準備要裝電話，訂了《約翰牛報》*、《珍事報》和《每日鏡報》，大家也看過拿破崙嘴裡叼著菸斗在花園裡散步，這些現在已經不足爲奇，豬甚至從衣櫥裡拿瓊斯先生的衣服出來穿。拿破崙一身黑色大衣、捕鼠馬褲及皮革綁腿，他最愛的母豬穿著瓊斯太太星期天最常穿的波紋綢洋裝，這些也都見怪不怪了。

一週後，有天下午，幾輛雙輪馬車駛進農莊，原來鄰近農莊受到邀請派代表來參訪。他們整座農莊繞了一圈，對所見到的一切讚歎不已，尤其是風車更爲他們所稱道。動物在蘿蔔田裡除草，辛勤工作，臉總是向著地面，不知道是比較怕豬，還是比較怕來訪的人類。

那天晚上，農舍內傳來宏亮的笑聲和歌聲，各種聲音交錯之下，動物們突然感到好奇，動物和人類首次以對等身分碰面，會發生什麼事情呢？於是大家不約而同地爬向農舍花園，儘量不出半點聲響。

動物們在大門前停住，有點不敢再往前走，最後由幸運草帶頭進入，他們踮起腳尖走近房舍，比較高大的動物則從餐廳窗戶往內看。餐桌邊坐著六名農夫以及六隻更爲顯眼的豬，拿破崙則坐在桌頭主位，這些豬坐在椅子上看起來很怡然自得。他們之前在玩紙牌遊戲，現在稍作歇息，顯然是準備要乾杯。一個大酒罐在桌上傳來傳去，斟滿一杯杯啤酒，裡頭的人或豬都沒有發現窗戶外有動物滿臉疑惑地向內張望。

狐林農莊的皮金頓先生手拿酒杯站起來，說他希望在場各位可以乾一杯，但在這之前，他認爲自己應該先說些話。

皮金頓表示，長久以來的不信任與誤解如今終於告一段落，相信

譯注
＊約翰牛（John Bull）指英國人。

這對他以及在座諸位來說都是件彌足欣慰之事。過去曾有一段時間，不論他自己或在場各位都沒有這樣的感受，當時，人類鄰居對受到敬重的動物農莊所有者懷有疑慮——不是敵意，疑慮罷了。之前發生過不幸事件，也有過一些誤會，大家覺得一座歸豬所有、由豬管理的農莊總是違背常理，可能會爲鄰近農莊帶來紛擾。很多農夫不先打聽清楚就以爲這樣的農莊鼓吹放縱思想、脫序行爲，擔心自己的牲畜或手下也會被影響。但這些疑慮如今盡皆煙消雲散，今天，他和他的朋友參訪動物農莊，親眼目睹農莊內的一點一滴，他們看到了什麼呢？最先進的制度。而且莊內紀律嚴明、井然有序，足以當所有農夫的榜樣。他認爲，和威靈頓其他農莊動物比起來，動物農莊裡的低下動物可說做更多的活、吃更少的糧食。事實上，他和其他造訪者今天觀察到許多特點，回去後打算馬上在自家農莊施行。

皮金頓表示自己的話到此爲止，還不忘再次強調動物農莊及其鄰居之間已然存在且應該維繫下去的友誼。豬和人類之間沒有、也不該有任何利益衝突，因爲他們努力的目標和面臨的困難都一樣，勞力問題不是到處相同嗎？說到這裡，皮金頓顯然是準備幽默一下，但他卻開心到說不出話來。他努力抑制笑意，下巴都憋得發紫了，最後才說出：「你們有低下動物要傷腦筋，我們也有低下階級要處理！」這句妙語在餐桌上引起一陣大笑。之後，皮金頓再次向豬道賀，恭喜他們能以少量配給讓動物長時間工作，一點都不讓動物飲食過量。

最後，皮金頓示意大家站起來，並在杯子裡斟滿酒。「各位先生，」他說道：「各位先生，我們來乾杯，祝動物農莊繁榮昌盛！」

熱烈的喝采聲和跺腳聲四起，拿破崙非常開心，於是離開座位，繞到皮金頓身邊，和他乾完最後一口酒。喝采聲歇止後，依舊以雙腳站立的拿破崙表示也有些話要講。

這席話和拿破崙其他演講一樣簡明扼要。他說，他也很高興看到那一段彼此誤會的時期告一段落。長久以來，始終有謠言說他和其他豬隻同僚在鼓吹顛覆行動，甚至提倡革命，他合理懷疑散布者爲某些邪惡敵人，這些敵人把他們講成是抗爭分子，企圖煽動鄰近農莊的動物，但事實是無法扭曲的！一直以來，他們唯一的願望就是與鄰居和平共處、維持正常的貿易關係。之後，拿破崙又補了一句，他有幸治理的這座農莊其實是合作事業，手中的農莊地契其實為所有豬隻共同擁有。

拿破崙表示，過去那些猜忌不會再繼續下去，而且農莊生活習氣最近也做了些改正，相信能進一步增強彼此信任。從過去到現在，農莊動物有個愚蠢的習慣，老是稱呼對方「同志」，這以後要加以禁止。莊內還有一個奇怪規矩，花園裡有根木杆，上面釘了個公豬頭骨，每星期天早晨大家都得列隊經過。這規矩不知道是從哪來的，也要禁止，那顆頭骨現在已經埋起來了。再者，來訪人士不知是否看見旗杆上飄揚的綠色旗幟，若有，應該會注意到原本畫在上面的白蹄、白角已經不見了，這面旗幟今後都會維持綠色素面。

對於皮金頓出色、友善的演說，拿破崙說他只有一點意見，皮金頓先生從頭到尾都以「動物農莊」相稱，當然，皮金頓先生還不知道，畢竟這是拿破崙首次宣布，「動物農莊」這個名字已經廢除，從今以後，這座農莊改名為「曼諾農莊」，拿破崙認為這才是最正確、最初始的名稱。

「各位先生，」拿破崙演講末尾說道：「我也想向大家敬酒，但說辭有點不一樣。現在，請把酒斟滿。各位先生，我敬你們一杯，祝曼諾農莊繁榮昌盛！」

餐廳內再次響起熱情的喝采，大家將酒一飲而盡。外頭的動物盯著裡頭看，他們覺得似乎有點不對勁。豬的臉是不是變了？幸運草老花的雙眼瞥過所有豬隻，有的有五層下巴，有的四層，有的三層，那些不斷融化、改變的是什麼東西？接著，掌聲停歇，餐桌邊的豬和人重新拿起紙牌，繼續玩到一半的遊戲，動物們則悄悄地爬離農舍。

在離開農舍還不到二十公尺的時候，動物們突然停下腳步，因爲屋子裡傳來喧鬧聲。他們趕緊往回爬，再度往窗內望去，沒錯，屋裡的豬和人吵得不可開交，他們嘶吼叫罵還拍打桌子，一邊眼神滿是猜忌，一邊不斷矢口否認。爭端好像是拿破崙和皮金頓手上同時持有黑桃A。

十二種不同的聲音同時憤怒叫喊，但其實都一個樣。如今，不須再問豬的臉有什麼變化。外頭的動物看看豬又看看人，看看人又看看豬，接著又看看豬再看看人，眼前已是豬人難辨。

原版刪除作者序

瑟克瓦伯格出版社（Secker & Warburg）於一九四五年發行《動物農莊》初版，該社曾為作者序騰出版面，基於不明原因並未收入書中，所有頁碼在最後一刻重新改過。一九七二年，安格斯*找到標題為「新聞自由」（The Freedom of the Press）的作者序手稿，在一九七六年《動物農莊》義大利版發行時附錄其中，書中提及這是首度收錄此文的版本。如今，本文成為各界談及言論自由時熱愛引用的經典素材。

譯注
* Ian Angus，加拿大社會主義者、生態社會學家。

新聞自由

喬治・歐威爾

本書中心概念於一九三七年成形，但直到一九四三年才訴諸文字。下筆之時已可想見出版此書難如登天（儘管目前供不應求，證明只要是書就能賣），其後果然連遭四名出版商回絕，其中只有一人是基於意識形態的原因，另外兩位多年來出版不少反俄書籍，最後一位則無任何政治色彩。有位出版商一開始答應出書，但初步準備工作完成後卻決定請教情報通訊部，該部人員警告他，或者該說向他強烈建議，不要出版這本書。以下是他來信的部分內容：

說到情報通訊部要員對於《動物農莊》的反應，我得承認，對方的看法讓我陷入深思，現在我知道，這本書很不適合在目前這個年代出版。如果只是個概括描述獨裁者和專制統治的故事，那出版後不會有問題。但是，我現在認爲，這個故事完全以蘇俄發展史及其兩名獨裁者爲樣本，根本就是在影射蘇俄，而非其他獨裁政權。此外，如果故事裡的支配者不是豬*，情況可能會好一點。在我看來，設定豬爲統治階層無疑會冒犯許多人，特別是像俄國這種敏感民族。

這不是好現象，政府部門顯然不該有審查權（除了大家都不會反對的戰時安全檢查）檢閱官方未出資贊助的書籍。然而，思想及言論自由此時所面臨的主要威脅並非情報通訊部或其他官方機構的直接干涉，如果出版商和編輯竭力阻止某些書籍付梓，那並不是因爲他們害怕遭到檢舉，而是對輿論有所顧慮。在這個國家，知識懦弱是作家與新聞工作者所須面對的最大敵人。而對我來說，這情形實在不夠受重視。

歐威爾注

* 我不清楚修改此部分的建議是該位先生的個人意見，或者爲情報通訊部所提，但似乎有些官方色彩。

心態公正的新聞從業人士都會同意，大戰期間施行官方審查制度並不特別惹人厭惡，儘管高壓「管理」是可預期的合理手段，但我們事實上未有如此遭遇。新聞界的確有些不平之鳴，但整體來說，政府的作爲中規中矩，還對少數人的想法意外地寬容。至於英國的文學作品審查制度，其悲慘之處在於大部分是自願受審。

不受歡迎的意見找不到發聲管道，令人困擾的事實遭到掩飾，這一切都不勞政府發布禁令。只要在其他國家住得夠久就會知道，有一些聳動的新聞題材足以登上報紙頭條，在英國報紙上卻找不到相關報導，這不是因爲政府干涉，而是因爲大家有默契，知道報導那件事很「不妥」，拿現在的日報來看，便可一目了然。英國新聞業十分集權，大多由富翁掌控，他們很有理由對一些重要議題隱而不報，而這種壟斷的審查制度也可見於書籍、期刊、戲劇、電影與電台節目，不管何時，社會上總有一套思想標準，所有「頭腦正常」的人皆毫不質疑地接受。人們並非被禁止說這道那，只是談及那些事情很「不妥」，就好像維多利亞時代中期，在淑女面前提及褲子很「不妥」一樣。欲挑戰此一標準者，其論點遭掩蓋之快令人咋舌。不管在大眾導向的新聞報紙上或者學術氣息濃厚的期刊中，悖離標準的見解幾乎沒有分說的餘地。

目前最標準的態度就是毫不批判地景仰蘇俄，人人對此心知肚明，而且幾乎都會付諸實行。所有對蘇聯政權的嚴厲批判以及一切蘇聯政府傾向隱瞞的事實，全不可能印刷發行。可笑的是，全國上下一心諂媚盟國的這段時間，正是知識兼容並蓄的年代。雖然我們不能批評蘇俄政府，但倒是可以自由指責自己的國家，抨擊史達林（Stalin）的文宣幾乎沒有人會發行，可非難邱吉爾倒是保險多了，出專書或寫在期刊上都不成問題。此外，在這長達五年的戰爭裡，我們花了兩三年爲國家存亡奮鬥，無數書籍、手冊及雜誌鼓吹妥協之下的和平，這些著作皆未受干涉順利出版，出版後也未引起太大的反對聲浪，只要不牽涉到蘇聯的名聲，言論自由這個原則大抵是存在的。另外還有一些禁忌議題，我在此也會列舉幾項，但對蘇聯的態度過於一致是最嚴重的問題，此態度並非由外來壓力所形塑，而是自發性行爲。

英國大部分知識分子奴性十足，而且從一九四一年起便不斷替俄國宣傳。不過，他們過去曾多次這般作爲，所以也不再那麼讓人訝異了。在一個又一個具有爭議的議題上，大家未經檢視便全盤接收蘇俄觀點，甚而昧於歷史事實或知識合理性宣傳這些觀點。舉個例子來說，BBC在慶祝紅軍二十五週年慶時，隻字未提托洛斯基（Trotsky），這就好像在緬懷特拉法加戰役（Trafalgar）時忘記提到尼爾遜（Nelson）一樣，但那並未引來英國知識分子抗議。在所有被占領地區的內鬥中，英國新聞業幾乎都站在蘇俄這一邊，並且出言誹謗反對勢力，爲了達到目的，有時還會隱匿實證。最有名的例子就是二戰期間南斯拉夫游擊隊領袖米海洛維奇上校（Colonel Mihailovich），蘇俄在南斯拉夫的忠誠支持者是鐵托，便指控米海洛維奇與德國狼狽爲奸，該指控旋即登上英國新聞：米海洛維奇的支持者完全沒有回應的機會，而且與新聞內容牴觸的事實也完全未提及。到了一九四三年七月，德國懸賞十萬克朗捉拿鐵托，抓得米海洛維奇者，賞金也在十萬克朗之譜。結果，英國報社幾乎只提到鐵托的賞金，僅一家（以小版面）提到米海洛維奇也在懸賞之列，最終大家依舊認爲這名上校與德國同謀。西班牙內戰時也發生過極爲類似的事情，當時蘇俄決意粉碎親共和黨勢力，英國左派報社因而不分青紅皂白誹謗這些集團，還拒絕發表這些集團的自辯信。目前，嚴厲批評蘇聯即遭到指責，有時這些聲音的確存在的事實還會被掩蓋下來。例如，托洛斯基死前不久曾替史達林寫過傳記，或許有人認爲這傳記不免有偏頗之處，但這本書明顯賣得很不錯，一名美國出版商準備出版，且已將之付印——我相信幾本印好的八成已經先送到書評家手上——蘇聯此時宣布參戰，於是書立刻遭到回收。雖然這本書的確存在，但英國新聞界隻字未提。如此查禁一本書，只換來新聞中寥寥幾個段落。

將英國文學知識分子自發的審查行爲與壓力團體（pressure group）的檢閱行動作區分是件重要的事情。其中最令人詬病的，就是有些議題因爲影響到「既得利益者」，所以無法討論，最有名的例子就是專利藥品業。此外，天主教教會對新聞業具極大影響力，而且能壓低反彈聲浪。因而，如果一個天主教神父做了什麼醜事，新聞大多不會報導。但若是醜聞與英國國教的牧師有關（如史提夫基〔Stiffkey〕教區牧師），那麼立即登上頭條。戲劇或者電影要表達反天主教思想難如登天，每個演員都會跟你說，抨擊或者取笑天主教教會的戲劇或電影皆可能遭新聞業杯葛，導致票房慘淡。但這種事情無傷大雅，或說至少還能理解，任何大型組織總會盡其所能維護自身利益，有時還會自我宣傳。沒有人會期待《每日工人報》（*Daily Worker*）報導不利蘇聯的消息，就好像《天主教先鋒報》（*Catholic Herald*）不可能抨擊教宗一般，每個有腦袋的人都知道《每日工人報》和《天主教先鋒報》本身的色彩。然而，眞正讓人不安的是，自由派作家及新聞工作者從不對蘇聯及其政策提出任何理性評論，很多時候連最單純的誠實也辦不到，而且他們如此扭曲自己的心思還不是因爲遭到施壓。史達林神聖不可侵犯，他的政策在某些層面上不該受到深度探討，這個原則自一九四一年起成爲眾所周知的事實，但在這之前的十年間，此原則影響之廣有時出乎常人理解。在那段時間裡，左派對於蘇維埃政權的批評很難傳到一般人耳裡。此外，反俄文學不勝枚舉，但所有作品幾乎全以保守派觀點爲主，還明顯有違事實、過氣、動機不良。另一方面，支持蘇聯的文宣數量之龐大、內容之虛假也不遑多讓，甚且杯葛任何想要理性討論重要議題的人。事實上，出版反俄書籍是可行的，只是會遭到幾乎所有高知識新聞報社忽視或曲解。不管在公開場合或者私人處所，皆有人告誡我們那樣很「不妥」，我們說的或許沒錯，但現在「時機不對」，會讓反動派占著便宜。人們通常以國際情勢及英俄同盟關係來捍衛此一態度，但那很明顯只是個藉口。英國知識分子，或者該說大部分英國知識分子，把蘇聯當作自己國家一樣效忠，他們認爲對史達林的智慧有所懷疑是種褻瀆。他們以不同的標準品評蘇俄所發生的事情及其他地方所發生的事情，一九三六到一九三八年間的大清洗*奪走無數人命，但終生反對

譯注

* Purge，指一九三〇年代，於蘇聯爆發的一場政治鎮壓及迫害行動。

死刑的人卻拍手叫好。此外，報導印度饑荒是合理的，同樣的事情發生在烏克蘭卻會被隱匿下來。如果這是戰前的眞實情況，那麼知識界目前的風氣也沒好到哪去。

現在回到本書，大多數英國知識分子的反應很單純，就是「這本書不應該出版」。嫻熟詆毀藝術的評論家自然不會以政治觀點來攻擊這本書，而會從文學面下手，他們會說這本書沉悶無趣，只是在浪費紙張。這或許是事實，但顯然不會是整個故事的完整面貌，沒有人會因爲一本書爛就說那本書「不應該出版」，畢竟我們每天印了成千上萬的廢文，也沒有誰眞的感到不快。英國知識分子，或說大部分英國知識分子，反對這本書的理由會是：它誹謗他們的領袖，（在他們看來）還破壞發展的動力。然而，如果書裡寫的是相反的情節，他們就不會有任何微詞，即便是書裡的文學性錯誤顯而易見也是如此。舉例來說，左翼圖書俱樂部（Left Book Club）在四、五年間一炮而紅，只要他們對作品主題有興趣，不管是否不入流或者內容散亂，俱樂部都一樣包容。

這裡牽涉到的議題很簡單，只有一個：不管某個意見多不受歡迎、多愚蠢，是否皆該有機會讓大家聽到呢？如果拿這個問題問英國知識分子，他們會回「是」。但若是我們將問題更具體化一點，問說：「那麼抨擊史達林的意見呢？是否也該讓大家聽見？」這個問題的答案通常是「否」。在這個例子裡，當前的標準作法受到質疑，所謂言論自由的精神也產生偏差。現在，如果有人要求言論自由、新聞自由，他得到的並非絕對的自由，只要世界上有組織化的團體，那麼，一定會有，或者說不管怎樣就是會有，一些審查步驟。但是，一如羅莎盧森堡所說，自由乃「他人的自由」，伏爾泰的名言也帶出相同的精神：「雖然我不同意你的話，但是我誓死維護你說話的權利。」有人說，知識自由無疑是西方文明最顯著的特色之一，如果要解析這句話，我想那表示在不傷害到社會上其他人的前提下，每個人都有權利表達、出版他們認爲是事實的思想。

資本主義民主制度與西方國家的社會主義一直到最近才開始重視此一精神。一如先前所提，我們的政府對此精神多少還存了點敬意，但對市井小民來說，或許是因爲他們不熱中於排斥不同聲音，因此都不清不楚地以爲「每個人皆有表達意見的權利」。而文學界及科學界知識分子原本該是自由捍衛者，卻全部成了，或者該說大多成了，此一精神的鄙視者，不管在學術理論上或在實際作爲中都將之棄如敝屣。

我們這個時代最特殊的現象之一就是變節的自由主義者，大家熟悉的馬克斯主義者所提倡的「中產階級自由」其實是假象。除此之外，現在又興起一陣風潮，認爲人只能透過極權主義來捍衛民主，此一論點主張：如果熱愛民主，就該無所不用其極地粉碎敵人。那麼，誰是敵人？所謂的敵人似乎不只是公開或者蓄意抨擊民主的人，更包括那些散布錯誤信條，「在客觀層面上」危害民主的人。易言之，捍衛民主意謂著摧毀所有獨立思考。舉例來說，此論點便被用來合理化俄國的大清洗，就連極端親俄人士也不可能完全相信所有受害者皆因其作爲而有罪，但是這些人支持異端思想，所以「在客觀層面上」傷害到蘇俄政權，因此，將之屠殺並且羅織罪名其實非常合理。左派新聞同業處理托洛斯基與西班牙內戰中弱勢的共和黨勢力時蓄意扯謊，也同樣以此論點合理化了。此外，當莫斯里（Mosley）於一九四三年獲釋時，這論點再度成了對抗人身保護令的理由。

這些人並不了解，如果我們鼓勵極權手段，這些手段最後終會施加在我們身上，如果不加審判便監禁法西斯主義者成了習慣，這樣的作法或許就不只會用來對付法西斯主義者。《每日工人報》不再遭受打壓後不久，我到倫敦南區的工人學院講課，台下觀眾都是來自勞動階層及中下階層的知識分子，和左翼圖書俱樂部各分會的參與者一樣。那堂課談到新聞自由，結果讓我感到驚訝的是，許多發問者起身問我：您不認爲解除《每日工人報》禁令根本大錯特錯嗎？我問他們爲什麼，他們表示那是一份忠誠度有問題的報紙，戰爭期間不用太包容；然而我選擇替多次誹謗我的《每日工人報》講話。不過，這些人是從哪學來這種本質上非常具極權色彩的觀念？他們當然是從共產主義者身上學來的！包容與合理性的概念在英格蘭根深柢固，但仍有遭到破壞的可能，且某種程度上還得特地費心去宣揚。鼓吹極權主義信條的結果就是減弱自由人民辨別危險與否的本能，莫斯里的例子足可爲鑑。在一九四〇年時，不管莫斯里有沒有犯下任何技術罪，軟禁他可說是名正言順。我們當時正爲了自己的生命奮戰，不能容許賣國嫌犯逍遙法外。但到了一九四三年，不經審判便將他囚禁成了不道德的行爲，儘管某些人對於釋放莫斯里表示憤慨，其實只是做做樣子或者找藉口表達對其他事情的不滿，但是一般人沒有想到這一點並不是件好事。而目前風氣向法西斯思維靠攏，有多少是受過去十年「反法西斯」風潮及其無所不用其極的手段所影響呢？

我們得了解一件重要的事情，當前的蘇聯熱只是西方傳統自由風氣低迷所致，如果情報通訊部當時眞的介入、堅決反對出版此書，大多數英國知識分子也不會對其行徑感到不滿。現在的標準作法恰好就是對蘇聯抱持毫不批判的忠誠，只要和蘇聯有利害關係，任何事物皆可進行審查，甚至連蓄意捏造歷史都沒關係。舉個例子來說，作家約翰李德（John Reed）曾寫過《震撼世界的十天》（*Ten Days that Shook the World*），提供蘇聯革命早期的第一手紀錄。他死時，此書版權轉入英國共產黨手中，他們盡其所能地將原始版本完全銷毀，還出了個竄改版，拿掉與托洛斯基有關的部分、刪除列寧所寫的序。如果英國境內還有激進派知識分子，這種僞造行徑早被揭露，並遭到國內各家文評譴責。然而，目前的反彈聲浪小到近乎沒有，看起來，多數英國知識分子都覺得這種事情很自然。而對明顯的欺詐行爲如此容忍已經不單單只因現在流行崇拜蘇俄而已，這樣的特別風潮很可能不會持續下去，因爲我知道，此書出版之時，我對蘇聯政權的看法將會成爲主流。但又有何用？標準作法從一個換到另一個不見得就是進步，因爲**我們真正的敵人是隨波逐流**、不管對當下思想認不認同都隨之起舞的應聲蟲。

我很熟悉反對思想與言論自由的主張，那些論點聲稱此種自由不可能也不該存在，但我只想說：那毫無說服力，我們近四百年來的文明就是以思想與言論自由爲基礎。大約從十年前起，我便認爲蘇聯政權惡遠大於善，儘管我們現在是同盟國，而且我很希望能打勝仗，但我還是想要有表達如此意見的權利。如果要我選句話來爲自己辯白，我會挑彌爾頓（Milton）的名言：

以古代自由之通則爲本*

古代一詞點出，知識自由爲西方根深柢固的傳統，缺之，我們的文化特色便可能不復存在。許多知識分子顯然背離此傳統，贊成政治權術凌駕書籍本身的特色，可決定其出版與否及毀譽優劣。對此不以爲然的知識分子也單純因爲懦弱而附和，比方說，英國那些爲數不少又常直言不諱的和平主義者便不曾大聲抨擊這種對蘇聯軍國主義的普遍崇拜。在和平主義者的觀念裡，所有暴力都是醜惡的，不管戰爭發展到什麼階段，他們老是呼籲我們要讓步，或者至少爭取妥協之下的和平。可是，他們之中有多少人提過，由紅軍（Red Army）發動的戰爭也是醜惡的呢？顯然，蘇聯有權自衛，而我們做一樣的事情就像犯了該死的罪過。對於這種矛盾，只有一種解釋，那就是：和平主義者過於懦弱，只想依附在爲數眾多的知識分子中，而這些人對英國的愛國情操早已轉移到蘇聯身上。我知道英國知識分子之所以膽小、不誠實是有充分理由的，事實上，我對於他們的自我辯解也了然於心。不過，就讓我們不要再無意義地爲了捍衛自由而反對法西斯主義了吧。**如果自由意謂著什麼，那就是向大眾訴說他們不想聽的話的權力**。現在，一般人對此原則仍算信服，也多少會照著做。在我們國家——不同於其他國家，也不同於共和體制之下的法國以及今日的美國——害怕自由的是自由主義者，污損知識的是知識分子，我寫這篇序的目的就是要讓大家注意到這個事實。

譯注

* 彌爾頓原文：(I did but prompt the age to quit their clogs;) By the known rules of ancient liberty.

作者年表

一九〇三年　生於當時爲英國殖民地的印度。父親李察·沃米斯利·布萊爾（Richard Walmesley Blair），母親艾達·瑪貝爾·布萊爾（Ida Mabel Blair）。

一九〇七年　隨母親返回英國。

一九〇九年　入教會學校接受早期教育。

一九一七年　入伊頓公學（Eton College）就讀。

一九二二年　自伊頓公學畢業，赴緬甸擔任大英帝國警察。

一九二七年　因感染登革熱獲准休假返回英國，同年辭去警察職務，立志從事寫作。

一九三三年　出版《巴黎·倫敦流浪記》（*Down and Out in Paris and London*）。

一九三四年　出版《緬甸歲月》（*Burmese Days*）。

一九三五年　出版《牧師的女兒》（*A Clergyman's Daughter*）。

一九三六年　與艾琳・奧修南西（Eileen O'Shaughnessy）結婚。

出版《讓葉蘭在風中飛舞》（*Keep the Aspidistra Flying*）。

一九三七年　出版《通往威根碼頭之路》（*The Road to Wigan Pier*）。

一九三八年　罹患肺結核，於摩洛哥休養。

出版《向加泰隆尼亞致敬》（*Homage to Catalonia*）。

一九三九年　出版《上來透口氣》（*Coming up for Air*）。

一九四一年　入英國國家廣播公司東方報導分部（BBC Eastern Service）服務。

一九四四年　領養三週大的男孩爲養子，取名李察・何瑞修・布萊爾（Richard Horatio Blair）。

一九四五年　出版《動物農莊》（*Animal Farm: A Fairy Story*）。

第一任妻子艾琳・奧修南西因手術過程中麻醉劑用藥失

當過世。

一九四九年　出版《一九八四》（*Nineteen Eighty-Four*）。

與索妮雅・瑪莉・布朗奈爾（Sonia Mary Brownell）結婚。

一九五〇年　因肺結核病逝於倫敦。

GREAT! 07 **動物農莊**
Animal Farm by George Orwell

作者	歐威爾（George Orwell）
譯者	陳枻樵
內頁插圖	Sharon 陳
責任編輯	祁怡瑋
排版	浩瀚電腦排版股份有限公司
總編輯	巫維珍
編輯總監	劉麗眞
出版	麥田出版 地址：115台北市南港區昆陽街16號4樓 電話：(02)2500-0888 傳眞：(02)2500-1951
發行	英屬蓋曼群島商家庭傳媒股份有限公司城邦分公司 地址：115台北市南港區昆陽街16號8樓 網址：http://www.cite.com.tw 客服專線：(02)2500-7718｜2500-7719 24小時傳眞專線：(02)2500-1990｜2500-1991 服務時間：週一至週五09:30-12:00｜13:30-17:00 劃撥帳號：19863813　戶名：書虫股份有限公司 讀者服務信箱：service@readingclub.com.tw
香港發行所	城邦（香港）出版集團有限公司 地址：香港九龍土瓜灣土瓜灣道86號順聯工業大廈6樓A室 電話：+852-2508-6231 傳眞：+852-2578-9337
馬新發行所	城邦（馬新）出版集團【Cite(M) Sdn. Bhd. (458372U)】 地址：41, Jalan Radin Anum, Bandar Baru Seri Petaling, 57000 Kuala Lumpur, Malaysia. 電話：+603-9056-3833 傳眞：+603-9057-6622 電郵：services@cite.my
麥田部落格	http://ryefield.pixnet.net
印刷	前進彩藝有限公司
初版	2010年1月
二版27刷	2024年4月
售價	220元
ISBN	978-986-173-593-1

國家圖書館出版品預行編目資料

動物農莊／歐威爾（George Orwell）著；陳枻樵譯. —— 初版.
—— 台北市：麥田，城邦文化出版：家庭傳媒城邦分公司
發行，2010.01
面：　公分：——（GREAT!；7）
譯自：Animal farm
ISBN 978-986-173-593-1（平裝）
873.57　98023655

城邦讀書花園
www.cite.com.tw

Printed in Taiwan.

cite城邦媒體 麥田出版
Rye Field Publications
A division of Cité Publishing Ltd.

英屬蓋曼群島商
家庭傳媒股份有限公司城邦分公司
104 台北市民生東路二段141號5樓

▼
請沿虛線折下裝訂，謝謝！

文學・歷史・人文・軍事・生活

麥田出版
Rye Field Publications

編號：RC7007　　書名：動物農莊

讀者回函卡

cite城邦媒體

※為提供訂購、行銷、客戶管理或其他合於營業登記項目或章程所定業務需要之目的，家庭傳媒集團（即英屬蓋曼群島商家庭傳媒股份有限公司城邦分公司、城邦文化事業股份有限公司、書虫股份有限公司、墨刻出版股份有限公司、城邦原創股份有限公司），於本集團之營運期間及地區內，將以e-mail、傳真、電話、簡訊、郵寄或其他公告方式利用您提供之資料（資料類別：C001、C002、C003、C011等）。利用對象除本集團外，亦可能包括相關服務的協力機構。如您有依個資法第三條或其他需服務之處，得致電本公司客服中心電話請求協助。相關資料如為非必填項目，不提供亦不影響您的權益。

□ 請勾選：本人已詳閱上述注意事項，並同意麥田出版使用所填資料於限定用途。

姓名：______ 聯絡電話：______

聯絡地址：□□□□□ ______

電子信箱：______

身分證字號：______（此即您的讀者編號）

生日：____年____月____日 性別：□男 □女 □其他______

職業：□軍警 □公教 □學生 □傳播業 □製造業 □金融業 □資訊業 □銷售業

□其他______

教育程度：□碩士及以上 □大學 □專科 □高中 □國中及以下

購買方式：□書店 □郵購 □其他______

喜歡閱讀的種類：（可複選）

□文學 □商業 □軍事 □歷史 □旅遊 □藝術 □科學 □推理 □傳記 □生活、勵志

□教育、心理 □其他______

您從何處得知本書的消息？（可複選）

□書店 □報章雜誌 □網路 □廣播 □電視 □書訊 □親友 □其他______

本書優點：（可複選）

□內容符合期待 □文筆流暢 □具實用性 □版面、圖片、字體安排適當

□其他______

本書缺點：（可複選）

□內容不符合期待 □文筆欠佳 □內容保守 □版面、圖片、字體安排不易閱讀 □價格偏高

□其他______

您對我們的建議：______

______

COMIC BY HOM

大城小事

BIG CITY, LITTLE THINGS

4

CONTENT

滾回家吃奶吧小鬼！練個十年再來啦！
哈哈哈！破車這麼慢還敢來比賽啊！
HAHAHA
HAHAHAHAHA!!
可惡……
超仁，不要灰心。
失敗為成功之母，下一次再打敗他們吧！
嗚……嗚……

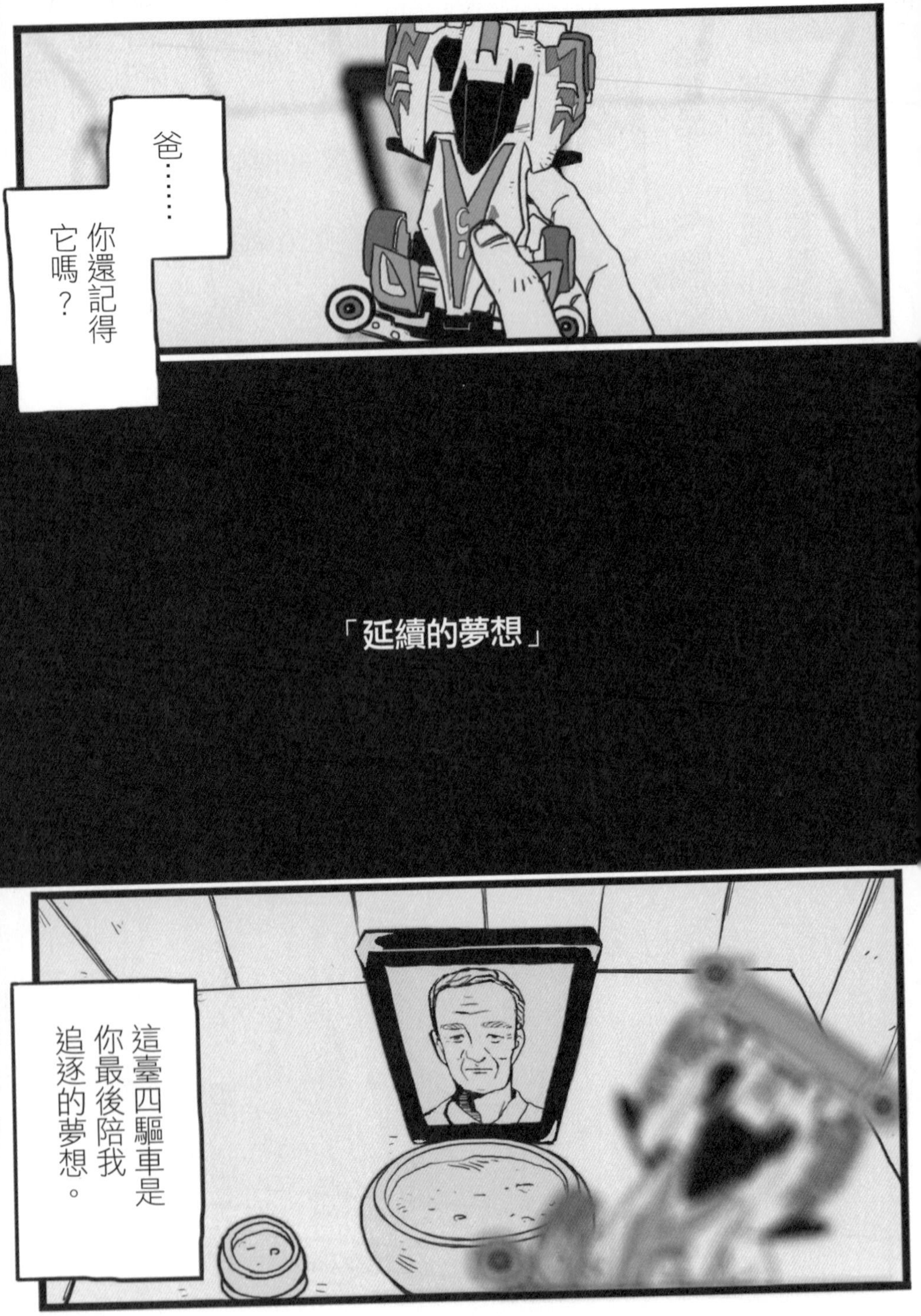
爸……
你還記得它嗎？
「延續的夢想」
這臺四驅車是你最後陪我追逐的夢想。

雖然你後來迷上了賭博，害家裡欠了一堆債，我一直無法諒解……
但我知道你對我很好，
即使家裡並不好過，還是捨得買這麼多車子和零件給我。
只因為這是我小時候的最愛。
好幾臺車當時買了卻捨不得打開，一直放著也可惜。
不如拿去送給想玩的人吧。
現在還有小孩會玩四驅車嗎？
TAMIYA
TAMIYA
TAMIYA
TAMIYA

胖叔模型店
喔？
喔喔喔衝啊！
音速戰神！
咻
咻——
你好，請問要找什麼嗎？
這個……現在還有啊？
哈哈，很懷念吧！最近又掀起一股四驅車的風潮，還會有爸爸帶著小孩一起來玩喔！
咻——咻——!!
你看那孩子，他爸就是十幾年前的冠軍阿傑。
那個阿傑？
哈哈哈
阿姨拜託嘛！
不！行！

我下學期功課一定會進步，到時候媽媽會給我零用錢，所以……
軒志
我也要！
先借我一臺嘛！
不行，如果全部的客人都像你一樣，我們店就要倒囉。
你開學後再來買啊。
拜託啦～
小朋友，你們也想玩嗎？
？
這些送你們，一人一臺。
喔喔喔喔喔！
哇！
謝謝叔叔！
這邊怎麼裝？
教我～
嗯。
開

喔喔！發動了！
軋軋…
哇嗚喔真的跑起來了！
好棒喔！
咻—!!
這種慢吞吞的車，還敢拿出來丟臉？
什麼？
看我的疾・速・咆・嘯！
疾速
去吧!!!
喂喂幹嘛，要撞到我的車了啦！
軋—!!

啊啊……
你的太慢了哈哈，擋到我的車道啦！
可惡！為什麼他的車這麼快！
喀！
太過分了
他那是改裝過的……
HA HA!
怎麼改裝？拜託教我們！
拜託！
……小孩子真是精力充沛啊。

這些是改車的教學書，你們拿回去看看，
啪。
喔喔！
還有我當時留下來的零件，統統給你們吧。
謝謝超人哥哥！
15 分鐘後
請教我們怎麼改裝！
完全看不懂！！
……

超仁你來啦！
嗨。
欸欸，我有重大消息要告訴你！
就是啊……
什麼？
胖叔模型店
哇啊啊啊啊太厲害了！
我的車變得超～快的！

我果然是天才哈哈哈！
明明是因為有超人哥哥的幫忙！
我的也超快！
我的更快！
你們也改車啊？
又來了？
呵……告訴你們吧，再怎麼改也沒有用，因為你們那個超人哥哥啊……
是我爸的手下敗將喔！
你們的車子，是失敗的人指導改裝的，
所以一樣是失敗的車！
什麼!?

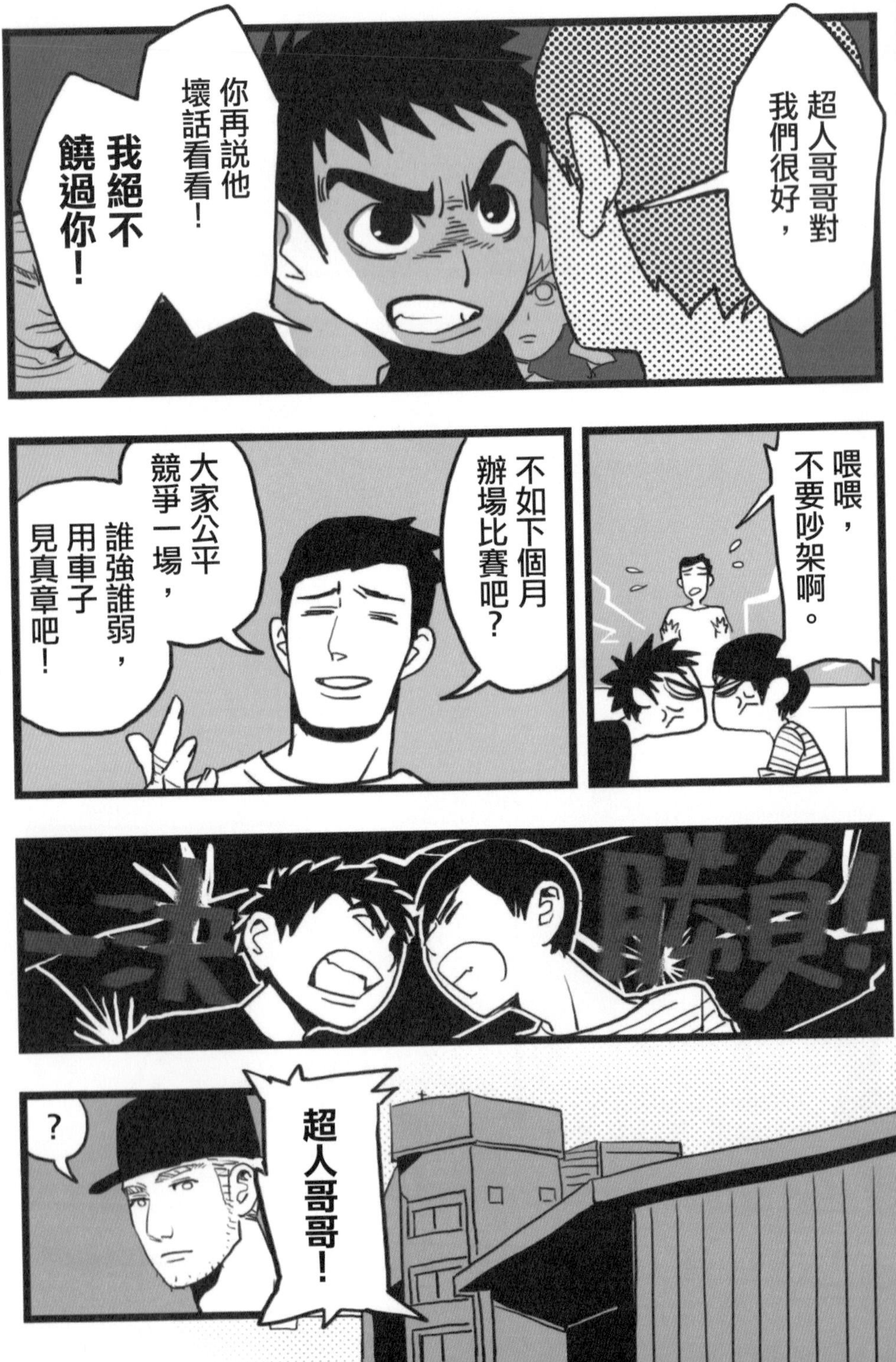
超人哥哥對我們很好，
你再說他壞話看看！
我絕不饒過你！
喂喂，不要吵架啊。
不如下個月辦場比賽吧？
大家公平競爭一場，
誰強誰弱，用車子見真章吧！
一決勝負！
超人哥哥！
？

你以前真的有輸給那個混帳的爸爸嗎？
他唬爛的吧!?
啊？
嗯……是啊。
蛤!!!
我小時候，都是爸爸陪我一起練車，
冠軍
所以我立志要贏得獎牌給爸爸……
結果始終沒拿到，每次都輸給他。
這樣説好像很遜？
會不會被小鬼們看不起？
既然這樣！
那我們更要贏！
對！我們……

要把你小時候沒拿到的獎牌，
幫你一起贏回來！
陪我們去練車好不好？
走嘛走嘛～
好好好～

彎道的時候速度
還是有點慢，
換輪胎試試看吧？
軒志！
!?
這麼晚了
還不睡！
喀！
喀。
……嗯？
睡啦。
這不只是
我們的比賽，
還要幫超人
哥哥報仇。
所以我……
絕對不能輸！
一定要贏！

超仁啊，每天下班後都匆匆忙忙的……東西都準備好了嗎？
我再出門一下，回來會準備。
耶！變快了！
哇喔喔喔喔喔！衝啊!!
……
啊，超人哥哥！
你看，我車子後來改成這樣就更快了！帥吧？
帥喔。
對了，聽說大喊「旋風衝鋒龍捲風」車子會飛起來！是真的嗎？
……不會。

超人哥哥，你禮拜六會不會來看比賽？
我那天要上班，沒辦法去。
蛤～～～好可惜。
好！沒關係，等你下班後，
我們會拿冠軍獎牌給你看！
加油喔。
星期六
叔模型
接下來，即將進行……

登登登—!!!
最後一場決賽！一路過關斬將的四位選手……
你們準備好了嗎？
喔喔!!
喔喔喔喔喔!!!
喔喔!!
GO!!!

追上去啊！
追上去!!

!!
我們會拿冠軍獎牌給你看！
加油喔！
來到最後的直線衝刺！
究竟鹿死誰手呢!?

衝啊!!
衝啊!!
超人哥哥，快開門啊！我們比賽完回來了！

沒人應門。
阿姨，超人哥哥不在家嗎？
喔，他……
去上海工作？
是啊，要不要？薪水很不錯喔！
而且有提供住處，可以帶你媽一起來！

謝了阿宏。
等你囉！
孩子們會不會捨不得你？
我會回來看他們的。
超仁啊……你會這麼照顧他們……
是不是因為想到你爸爸？
兩點二十分開往臺北的列車即將進站……

請各位旅客準備上車。
你以前也很愛玩那種車子，他無論如何……
都要陪著小時候的你追逐夢想。
你爸爸……真的很愛你吶。

超人哥哥！
!?
你們……
喘吁吁。
對不起！我……
沒有拿到冠軍，沒有幫你報到仇！
但是我……一定會更加努力！
等你下次回來……
一定會拿獎牌給你看！

謝謝你!!!
超人哥哥!!!
喀喀喀...

喀喀喀喀…
延續的夢想／完。

「延續的夢想」

這篇作品距離在網路上初次發表，到現在這本第四集實體書出版，相隔了四年半之久。四年半……看著多年前的舊稿子，除了畫面粗糙之外，還看到了稚嫩時期的全方位傻勁，不論是故事安排或畫面處理，都是拿起筆來不經大腦思考的，貫穿整篇的大概就是：「反正熱血就對了！友情就是讚啊輸贏隨便啦！」「四驅車好懷念啊！」「上色塗出去了就給它出去吧！這個那個畫歪了也沒關係啦！」等等。現在，深深體悟到面對自己的過去真的很尷尬，尤其心情愈是澎湃的，一定愈顯得特別蠢，即使粗糙得十分刺眼，我還是基於各種理由沒有對畫面進行什麼整修。（謝謝買書的您包涵我的任性啊！）

相對於軒志來說，超仁是個很難以他為主角出發的角色類型，他是配角會很好發揮，但擔任主角時，由於話少、生活平凡、默默為家付出、想得少做得多、沒什麼內心小劇場、不求變化……所以和他互補的軒志就出現了。因為是以四驅車為主題，一開始本來打算讓軒志當主角，但真正開始安排編劇時，發現輔佐軒志的超仁，居然很自然地站回主角的位置，超仁原來是個碰到需要照顧的對象時，就能夠強大起來的人啊。

雖然滿腔熱血地畫完了這篇故事，但不論是以孩子們或超仁的角度看，都是一路輸到底又得承受離別，實際上是段充滿情感卻遺憾的回憶吧。希望到對岸工作的超仁，能常常回來和孩子們相聚了。

BIG CITY
LITTLE THIN
4

咔!
啊……對了，
士祺
我要告訴妳一件事。
?
柏鎂
首先，我要結婚了。
……你有跟我求婚嗎？
啊？不是啦，

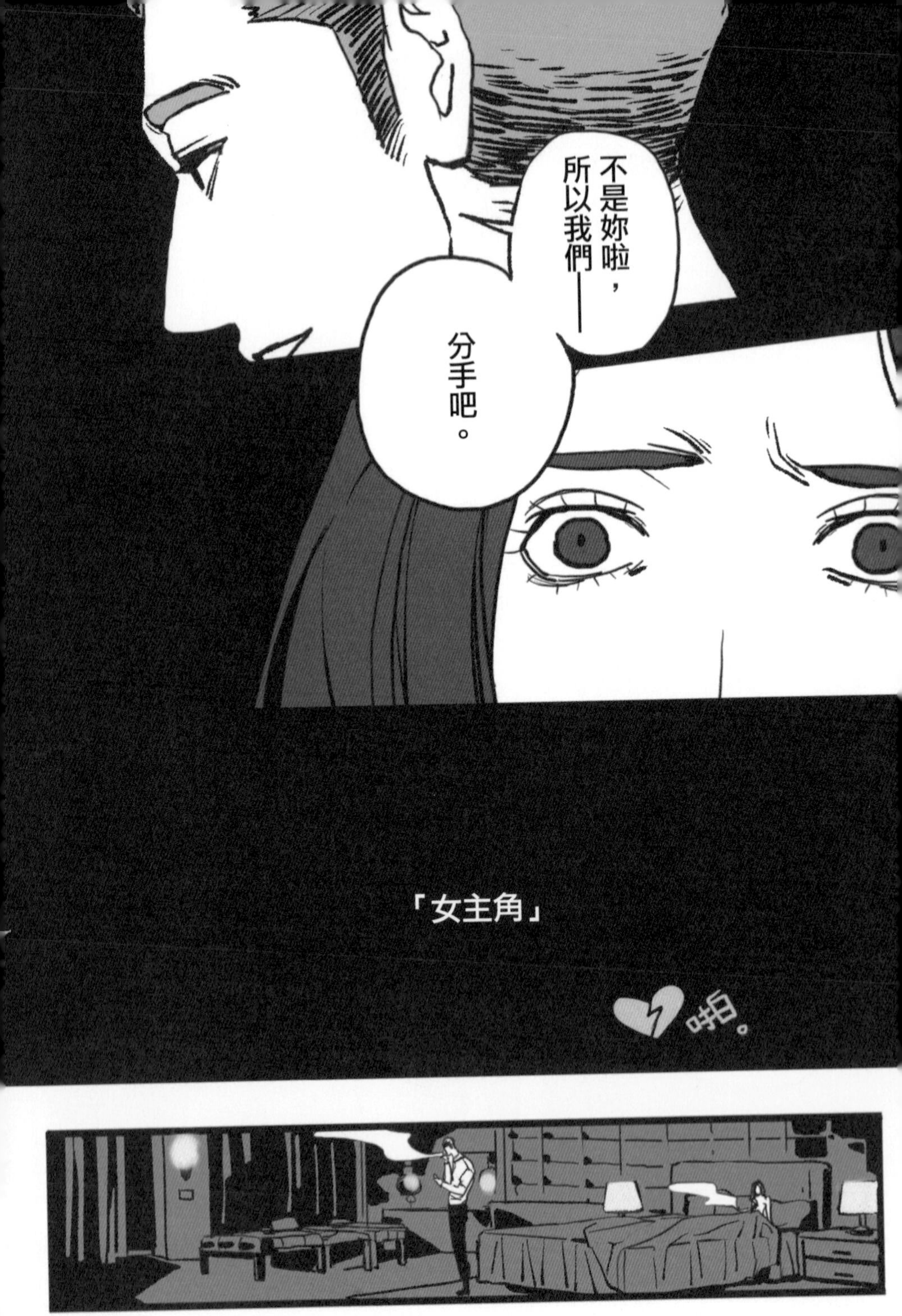
不是妳啦，所以我們——
分手吧。
「女主角」
啪。

你……
你竟然劈腿?
畜生!不要臉!去死吧!
不是啊!我和她還沒開始交往!
屁啦!沒交往就要結婚?
相親認識的。
相親!?
你……
覺得對方很不錯,是我理想的老婆類型,
她也想以結婚為前提交往,
剛好我也想定下來組織個家庭了。
你在跟我開玩笑嗎?
沒,認真的。
既然你想結婚……
……為什麼……不是和我?

妳不是我想結婚的對象啊，
所以分開只是遲早的事情吧。
等等！妳冷靜一點啊!!
柏鎂早啊。
咦？
……

鈴鈴鈴
喂喂 柏鎂啊！
媽……跟妳說過多少次，不要在我上班的時候打給我！
唉唷如果現在沒跟妳說，怕之後忘記啊。
我剛吃了土祺上個月從日本拿回來的小雞蛋糕，
配熱茶好好吃！要幫我謝謝他喔！
叩!!
把雞全部丟到垃圾桶去啦!!!

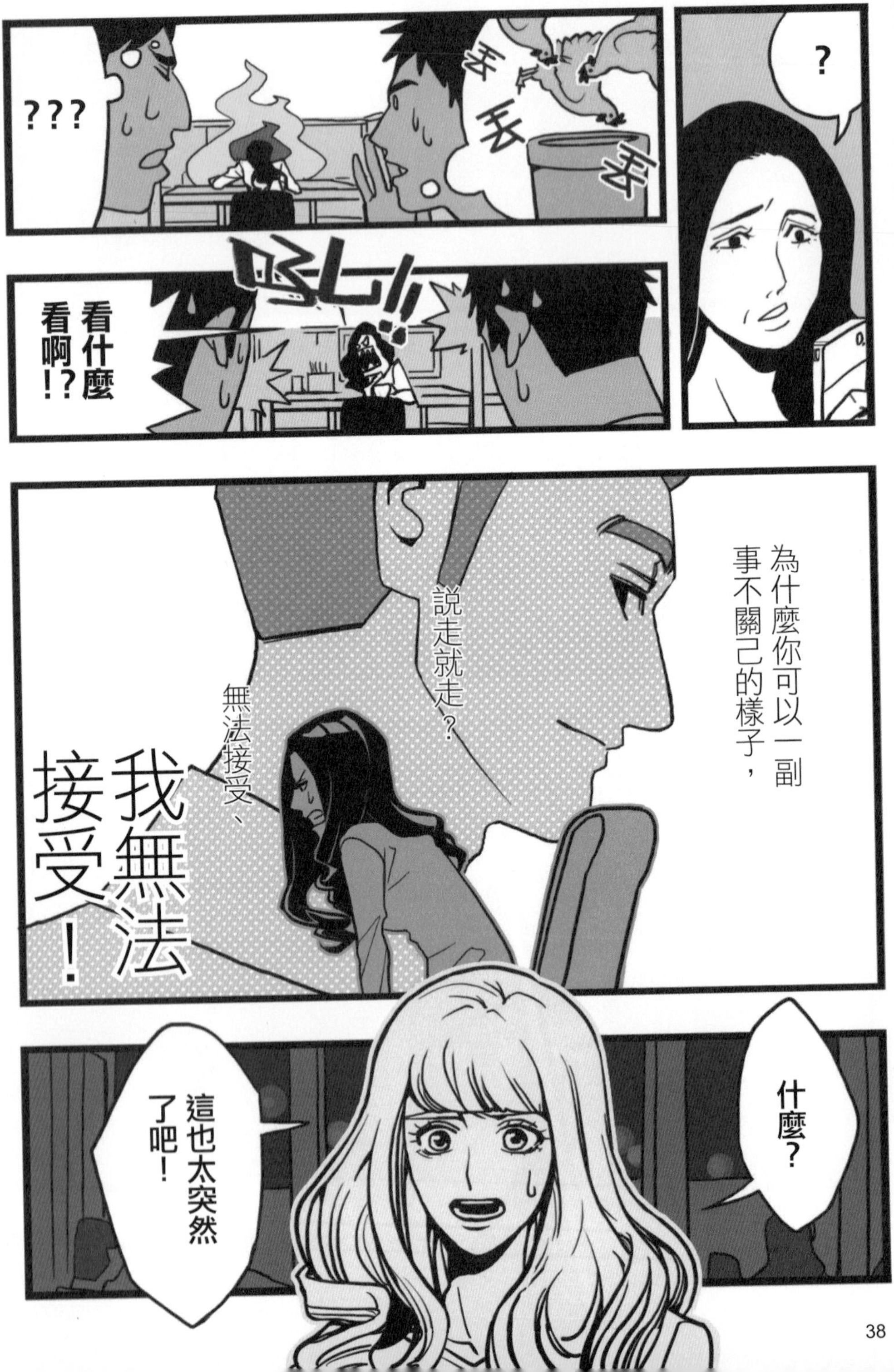

?
丟
丟
丟
???
看什麼看啊!?
為什麼你可以一副事不關己的樣子，
說走就走？
無法接受、
我無法接受！
什麼？
這也太突然了吧！

夠不夠賤!?
那女的到底是什麼妖孽啊!?
砰
這仇我一定要報，他們別想過好日子!!!
不要吧？報仇沒有意義啊，妳也不會因此得到什麼。
喂小姐，妳剛剛酒潑到我了。
是會怎樣唷？你他媽@*$%(消音)!!!
妳先別這麼暴躁……
怎樣!?連妳都想嫌棄我？
瘋婆子
對不起，她喝醉了。
我最討厭妳這種人生勝利組！當老師有鐵飯碗，又有金龜婿！
過得那麼爽，妳才是最沒有資格數落我的人!!!
好吧，那妳想怎麼做？
幹嘛遷怒……
把那女的丟到河裡之類的吧。
……別鬧啦，

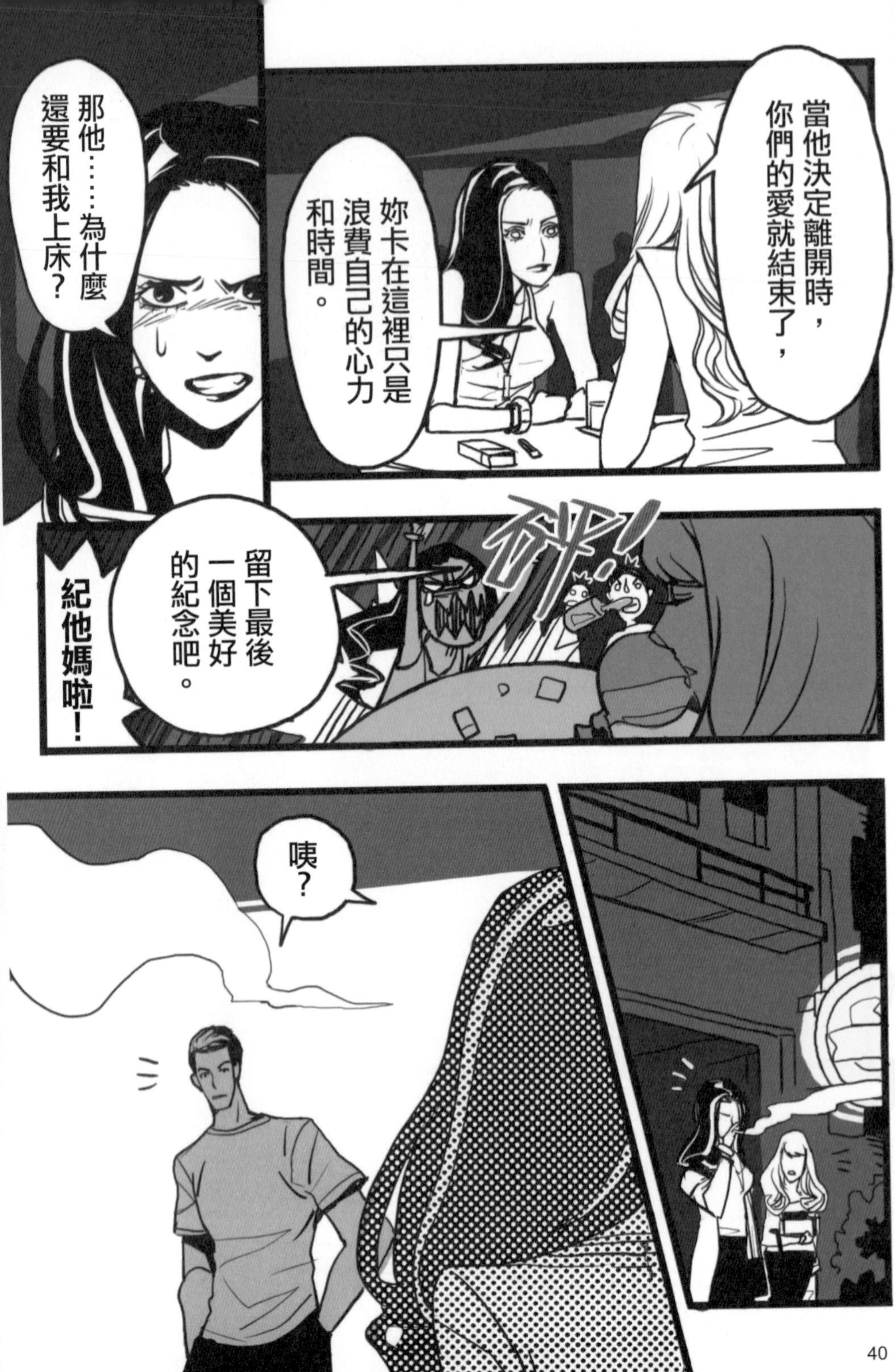
當他決定離開時，你們的愛就結束了，
妳卡在這裡只是浪費自己的心力和時間。
那他……為什麼還要和我上床？
留下最後一個美好的紀念吧。
紀他媽啦！
砰！
咦？

真巧啊。
……
哼，這麼晚了還在外面鬼混，不用陪老婆啊？
我出來幫我媽買點東西，誰像妳一臉狼狽還喝得醉醺醺？
你……
可惡！
唉唷！幹嘛？
賤人！我會在這喝悶酒還不是你害的！
柏鎂妳冷靜點。
你不給我一個交代，我今天絕對不放過你。

別期望我會說出什麼妳想聽的回答，
我們已經沒有關係了。
所以我不需要對妳的心情負責吧？

然後好幾天了，
沒有你的消息。
每晚打開你的對話視窗，卻不敢輸入一個字，
可是你在我的世界裡揮之不去。
這種心情真的……
煩
煩
煩
煩
煩……

我從未認真思考自己什麼時候要結婚，但今天晚上，我做了一個夢。

我夢到在大紅色的華麗喜宴裡，你穿著一身帥氣的黑西裝，
等著我走向前
逆光中清晰地呈現你溫柔的嘴角和眼神，
那是我最熟悉最愛的輪廓。
當你為我戴上戒指的時候，

我真的覺得自己是
全世界最幸福的女人
鈴鈴…
鈴鈴…
鈴…
鬧鐘
小睡
好

臺中
鈴鈴鈴
喂?媽,我等等要開重要的會……
鎂鎂啊,媽媽……剛剛被車子撞到了,現在在急診室。
什麼?妳還好嗎?
放心只有小擦傷啦,

本來要回家了，但忘了帶鑰匙，妳下班後可以開車來接我嗎？
啊，但我現在在臺中出差，趕回臺北也要好幾個小時……
沒關係，士祺那邊有鑰匙吧？還是妳幫我問他能不能來接我？
媽……其實我們……
……好，等等我跟他說。

我拒絕。
她出車禍耶！你一定要這麼絕情嗎？
只不過拜託你下班後順便載一趟我媽……
就算只是朋友也可以幫這個忙吧？
況且也只有你有備份鑰匙！
我們不是朋友吧？
請個開鎖匠也沒多少錢，鑰匙我會寄還給妳，抱歉啦。
我希望她可以早點回家休息……
你真的不願意幫這個忙？
不管現在怎麼樣，至少她這麼喜歡你……

看妳有沒有朋友願意幫妳吧。
她可以先來跟我拿鑰匙。
我先忙了。
咖！
嘟—
嘟—
嘟—
嘟—
今天謝謝妳的幫忙，子妤回家小心點喔。
阿姨保重。
妳要去哪？
喀！！

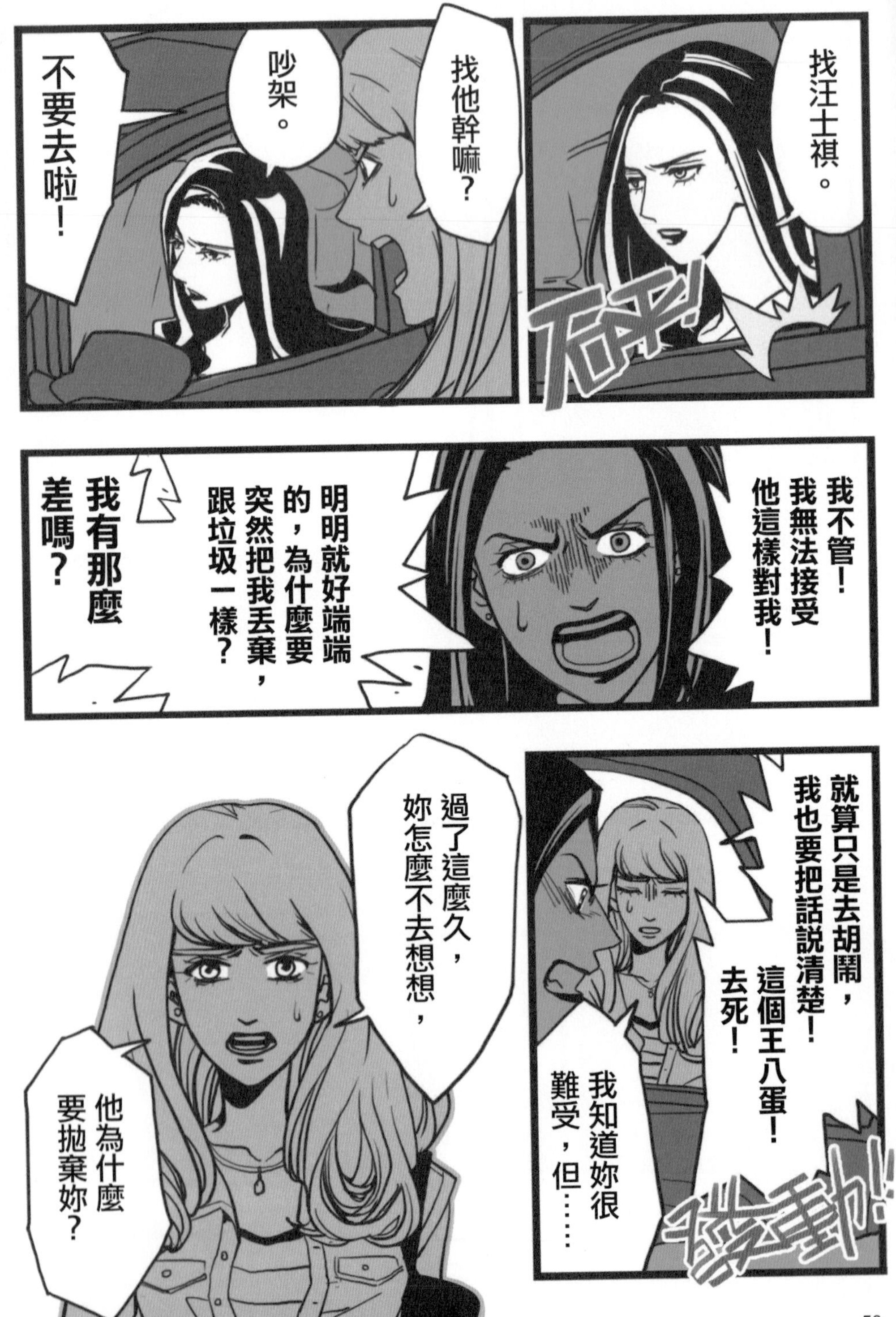
找汪士祺。
找他幹嘛？
吵架。
不要去啦！
我不管！我無法接受他這樣對我！
明明就好端端的，為什麼要突然把我丟棄，跟垃圾一樣？
我有那麼差嗎？
就算只是去胡鬧，我也要把話說清楚！
這個王八蛋！去死！
我知道妳很難受，但……
過了這麼久，妳怎麼不去想想，
他為什麼要拋棄妳？

以前有一次……
士祺的媽媽住院，妳卻不願意幫忙照顧她，
妳記得自己說過什麼嗎？
「那是你媽，
為什麼要我照顧？」

……我說過這種話？
那是很久以前的事吧……我現在不會這樣想了！
來不及了。
在一起的時候，沒有好好檢視自己，等分開了才知道有什麼用？
而且我想你們之間的問題，是諸如此類的累積，不只是這件事吧。
噯噯！柏鎂！
停下來啊！

還有什麼？
是不是我還做了更多過分的事？
為什麼你都沒告訴我？
什麼事？

……告訴我，我有哪裡讓你不滿？
我忘了……現在說這沒意義了吧。
快點告訴我。
不要。
說！
不。
我想知道！
夠了！
拜託……
葛柏鎂，妳回去吧？
……
……是我不好吧？

我知道自己很差勁……
也還不是一個適合婚姻的人。
好像有些事情如果你沒有說要離開，我真的不會去想到……
可是……
可是我……
真的真的，
還是很愛你，
可不可以再給我一次機會？

「不可能，
妳回去吧。」

上一次在街上放聲大哭，
是小時候被媽媽罵的時候，
她走了大約十公尺，
還是轉身回頭牽起我的手，
安慰我說：「我們回家吧。」
但你不一樣
你終究沒有回頭。
轉頭看著你的背影，
漸漸地融入夜色，
這模糊的畫面突然讓我
痛得十分清醒啊。

一直以為自己是你人生中的女主角，
原來不是，我只不過是個配角。

而且我的戲份已經結束了。

數個月後
看，
這傢伙居然有臉寄喜帖給我。
囍

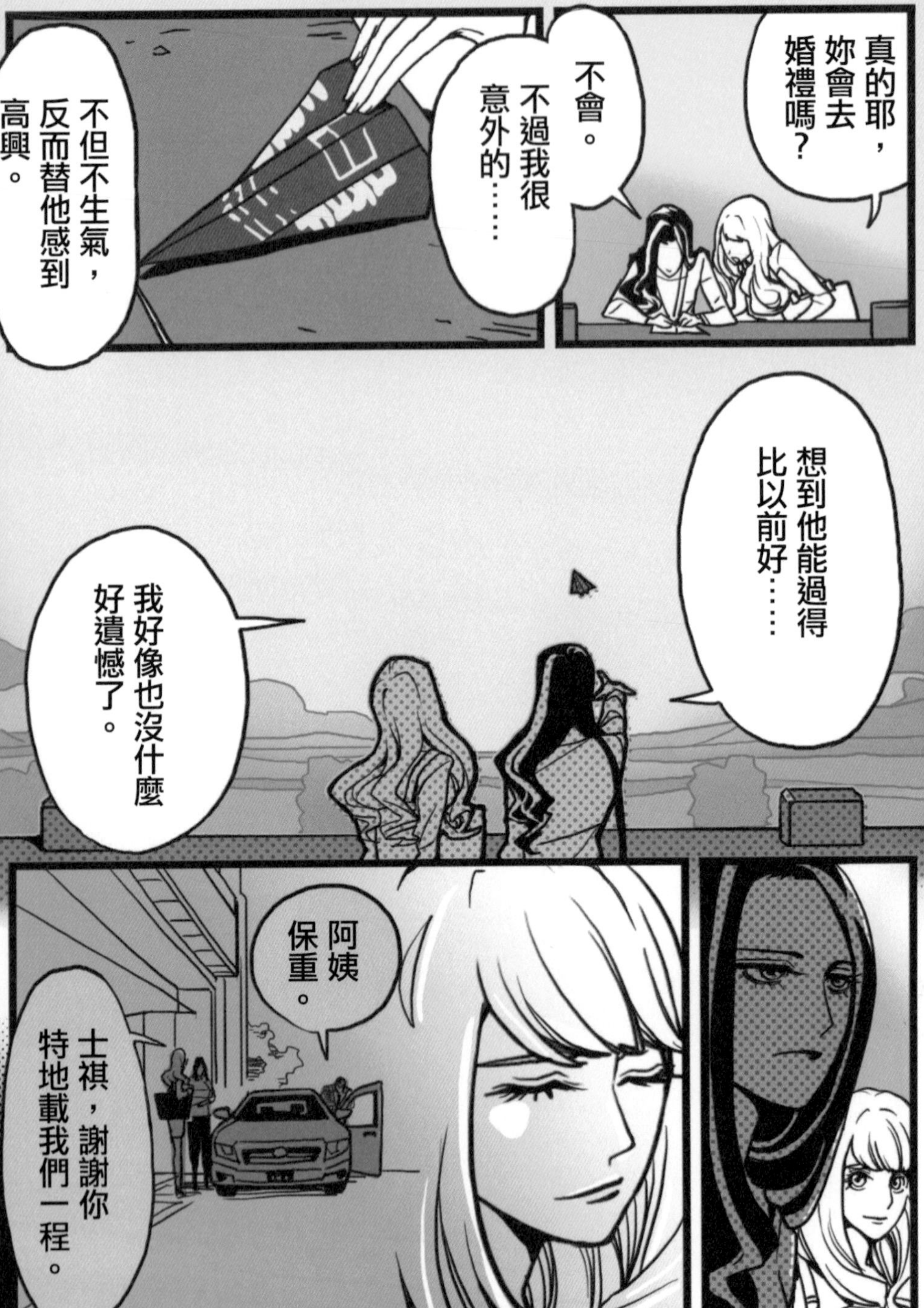
真的耶，妳會去婚禮嗎？
不會。
不過我很意外的……
不但不生氣，反而替他感到高興。
想到他能過得比以前好……
我好像也沒什麼好遺憾了。
阿姨保重。
士祺，謝謝你特地載我們一程。

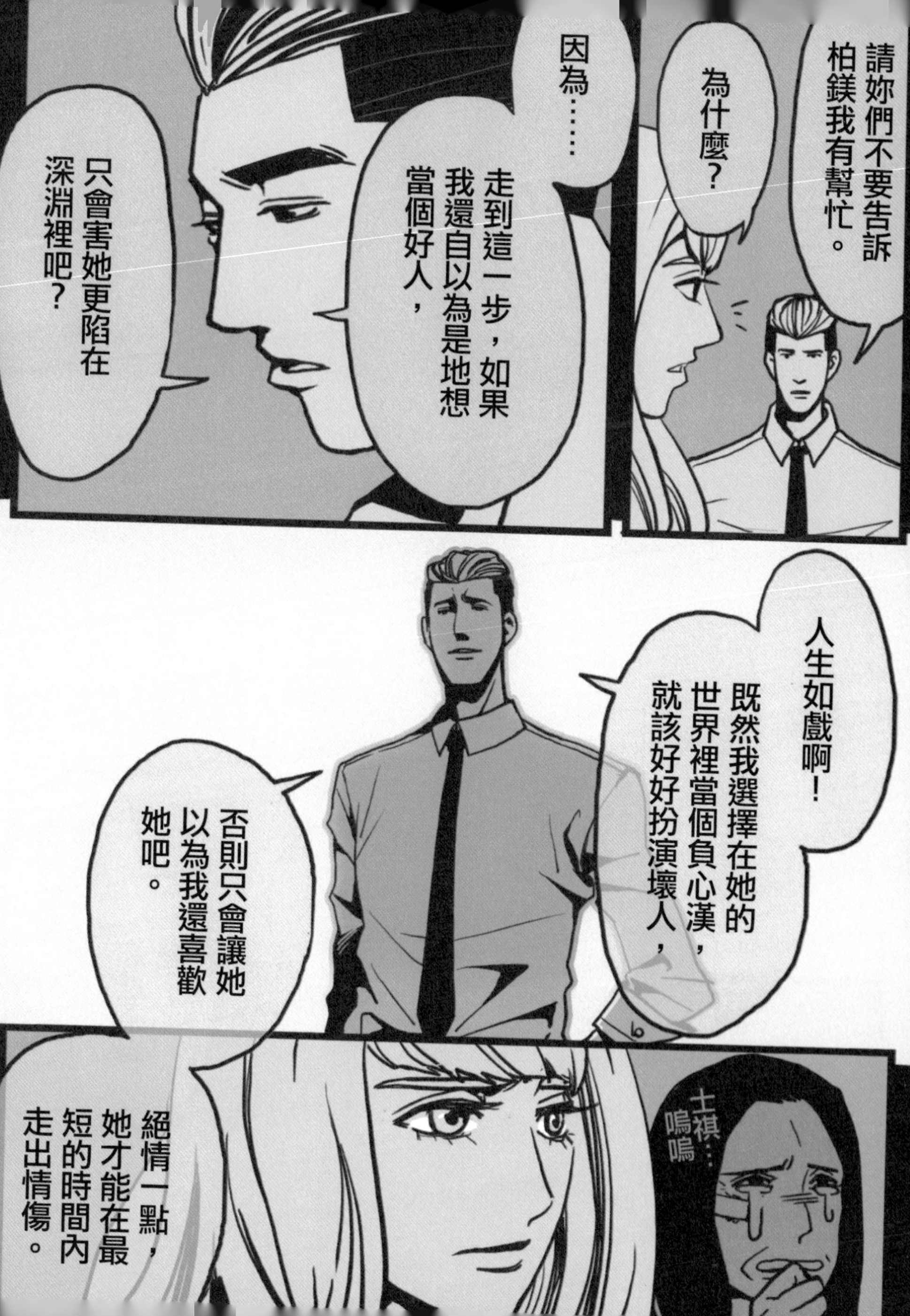

請妳們不要告訴柏鎂我有幫忙。
為什麼？
因為……
走到這一步，如果我還自以為是地想當個好人，
只會害她更陷在深淵裡吧？
人生如戲啊！
既然我選擇在她的世界裡當個負心漢，就該好好扮演壞人，
否則只會讓她以為我還喜歡她吧。
士祺……嗚嗚
絕情一點，她才能在最短的時間內走出情傷。

謝謝妳這段時間好好地陪她。
當然，不用你謝。

說得這麼動聽……妳是不是變了？
有嗎？
欸對了我收喜帖只是為了瞧瞧那女的長怎樣，
結果超像哈巴狗的啊。
汪嗚～
算了，當我沒說。

女主角／完。

「女主角」

想畫一個失戀後仍陷在泥沼裡走不出來，還來回拉扯的情境，所以畫了這篇故事。和上一篇四驅車一樣，是四年半前的作品，再次回顧時跳脫作者身分當了讀者再看一次……嗯，覺得好吵，如果風格可以處理得像《重慶森林》裡的鳳梨罐頭一樣輕描淡寫、浪漫苦澀也很好，偏偏畫起來一不小心就是又哭又鬧的，柏鎂真的好吵。

士祺和柏鎂分別是淡定理智與歇斯底里的兩極表現，柏鎂是個在觀察對方心理變化和需求沒這麼敏銳的人，即使他們之間可能老早就有一些問題沒有解決，柏鎂也渾然不知。突然被拋棄之後，除了失去對方的痛苦之外，一連串的行為背後，更強烈的動機是她對這份感情的不甘心，她捨不得的是「失去這段關係的自己」還是「失去士祺」？她可能沒能思考兩者之間的差異，也不會去發現感情裡藏著這樣的問題。相較之下士祺看透了這些，他認為分開後的拉扯沒有意義，並不會留下什麼，所以他做了最果斷不拖泥帶水的選擇。

事後有些讀者認為士祺太過絕情了，以態度來說是很糟糕的。哎呀，但感情的糾紛總是很難非黑即白，就只是不適合吧，起碼士祺有了歸屬，柏鎂經過這次事件也有所成長，兩人都往前進了，最後就祝她早日遇到新對象囉。

COMIC BY

「博愛座」
坐下

博愛座

同學，不好意思，你可以讓座給這位伯伯嗎？
同學？
Liquor Store Blues (Feat.
Count Of
Bruno Mars
Other Side (Feat. Cee Lo..
現在年輕人吼，忙著當低頭族，
不懂禮讓真的很討厭吶！
沒教養！
同學！

博愛座
?

博愛座
讓位給這位伯伯好嗎？
唔、好……
對不起！
這種在家裡一定也是當老爺!!
ロ乙L!!
沒教好啦！
對啊對啊！
唉唉唉～
……？

喀

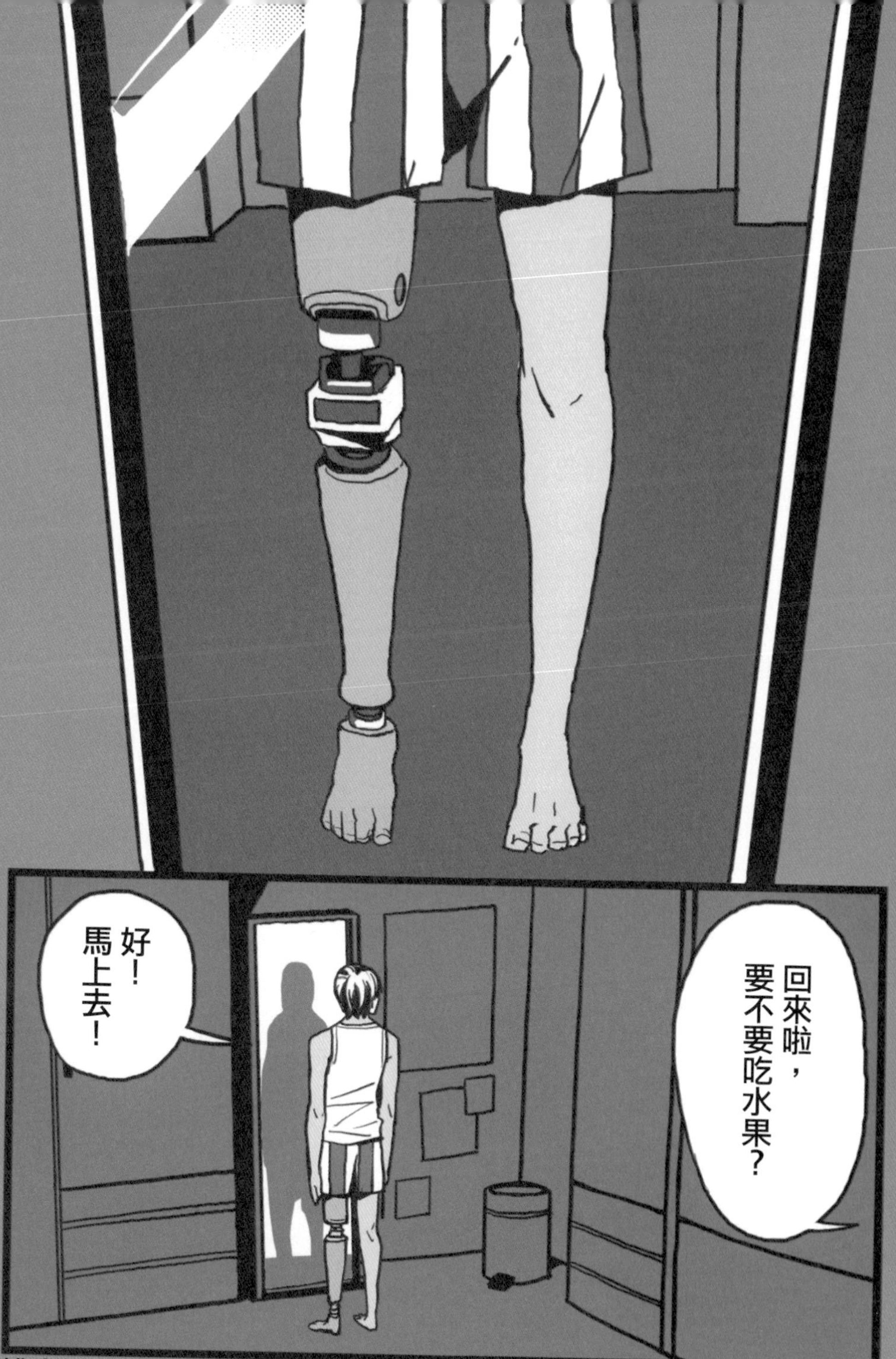

博愛座／完。

BIG CITY, LITTLE THINGS
4

兒子啊……
連你也不要我了……

「不孝子」

今天上午在新北市發生一起獨居老人跳樓自殺事件，
警方在死者汪姓男子的口袋裡發現一封遺書，
臺灣早進入高齡化社會，老年人自殺
升高，造成此現象最大的原因有人
生理疾病，及精神健康，其中最嚴
為老人憂鬱問題。
自殺防治中心表示，在關懷訪視這些長
滑
信裡表達唯一的兒子對自己不聞不問……
好可憐……
王小明
他的小孩太不孝了
小倩
老先生一路好走
我回來了！

哥，你回來啦！
我好餓，要不要去吃點東西？
孤苦無依、債務纏身……
欸，這則新聞……
我今天才偵辦這位老先生的案件呢。
喔？所以……有找到他的家人嗎？
他兒子有出現，
是大公司的高層，西裝筆挺，人模人樣，
但從頭到尾……

絲毫沒有難過的樣子。
汪士祺先生，你爸死了，你都不傷心啊？
難道我非得哭哭啼啼的嗎？

上次你見到你父親是什麼時候？
上個月。
時間點居然這麼近？
他生前有沒有憂鬱傾向，或任何異狀？
應該沒有吧。
應該？
連關心自己的爸爸都不會……未來如果你兒子這樣對你，你會怎麼樣？
你爸放在口袋裡的遺書，
自己好好看吧！

打寒顫
……還笑得出來？這個人腦袋是不是有問題？
不知道，
總之他給我的感覺非常不舒服，
根本是不孝的西裝敗類！
不過老人若沒有伴、沒有家人的關懷，
又不懂得社交，
真的很孤單哪！
是啊，
會變得很憂鬱。

您的蒜香雞肉，
和生啤！
謝謝。
先生，
請給我厚切牛舌、一夜干，再一杯梅酒。
好的！
……!!
怎麼了？
這個男人……
就是那位自殺老先生的兒子！
!?

……
他看起來很悠哉。
喪親後來喝酒？真可怕！
我們趕快吃完走人吧，待在這都不舒服了。
您的一夜干。
謝謝。
嚼嚼
真有緣啊，
驚!!
警察先生。
哈，別一副看到鬼的樣子嘛！

如何稱呼？
……我姓方。
啊？
方？
那我們老祖宗是一家親呢。
因為我姓汪啊，
古代有位姓翁的人，為了不讓六個兒子被戰亂牽連，把他們分別改成了汪、洪、江、方、翁、龔六個姓氏。
汪洪江方翁龔
他們後來全都風光考上進士，所以這六種姓氏的人……
也算是遠親哪。
遠親？

你冷血到父親過世都不痛不癢？
還跑來喝酒，
居然跟我談論血脈之親？
方先生，既然你都下班了，不介意用私人的身分跟我聊聊吧？
在我有記憶以來，

就是和外婆一起生活。
我不知道父母在忙些什麼，他們很少來看我，就算見面也沒什麼親密感。
上了小學，才知道原來大部分的同學，
都和父母住在一起，
我跟大家不一樣。
同學們～今天要畫你的爸爸、媽媽喔！

外婆！
外婆？
離婚！沒有第二句話！
我真的受夠了！你除了伸手要錢還會什麼？
藉口！給我老實說！妳是不是外面有男人？
就算有也是你自找的！
廢物！！

即使如此
他們始終
沒有離婚，
這是我小時
候最後一次
見到父親。
數年後——

外婆因病過世，
哇啊啊啊…
啊啊
從此我搬去和母親住。
這個房間以後就是你的，
慢慢整理，有事再叫我。
我根本不熟悉這位叫「媽媽」的阿姨，

可是除了這位阿姨，
喀。
我沒有任何依靠了。
外婆，妳聽得到嗎？
我不喜歡沒有妳的地方……

士祺，要不要吃點東西？
叫叔叔。
……我不餓。
喀。
咕嚕～

噠
你明明很餓嘛，
剛幹嘛不跟我們一塊吃？
咔咔
咔
你不喜歡那個叔叔？
我喜不喜歡，
對妳有影響嗎？

你們大人都很自私，
妳跟爸明明都不要我，
為什麼要生下我？
當初為什麼要結婚？
要不是外婆過世了，
妳會理我嗎？

喀嚓!!

RRRRI
RRRR...
RRRR...
!?

等等喔，
喏。
快去上課吧。

再給我一次當媽的機會吧!

我後來明白，其實我媽是受了傳統價值觀的束縛，
環境使然，讓她認為到了那個年紀，就該結婚、生小孩。
她生了我才發現，
人生還有許多想要追求的事物，她根本無心教養孩子、經營家庭。
但是她卻為了我改變自己，洗心革面做一個好媽媽。
加上你外婆的死，讓她領悟了什麼吧？
是啊。
直到去年，我接到一通電話，

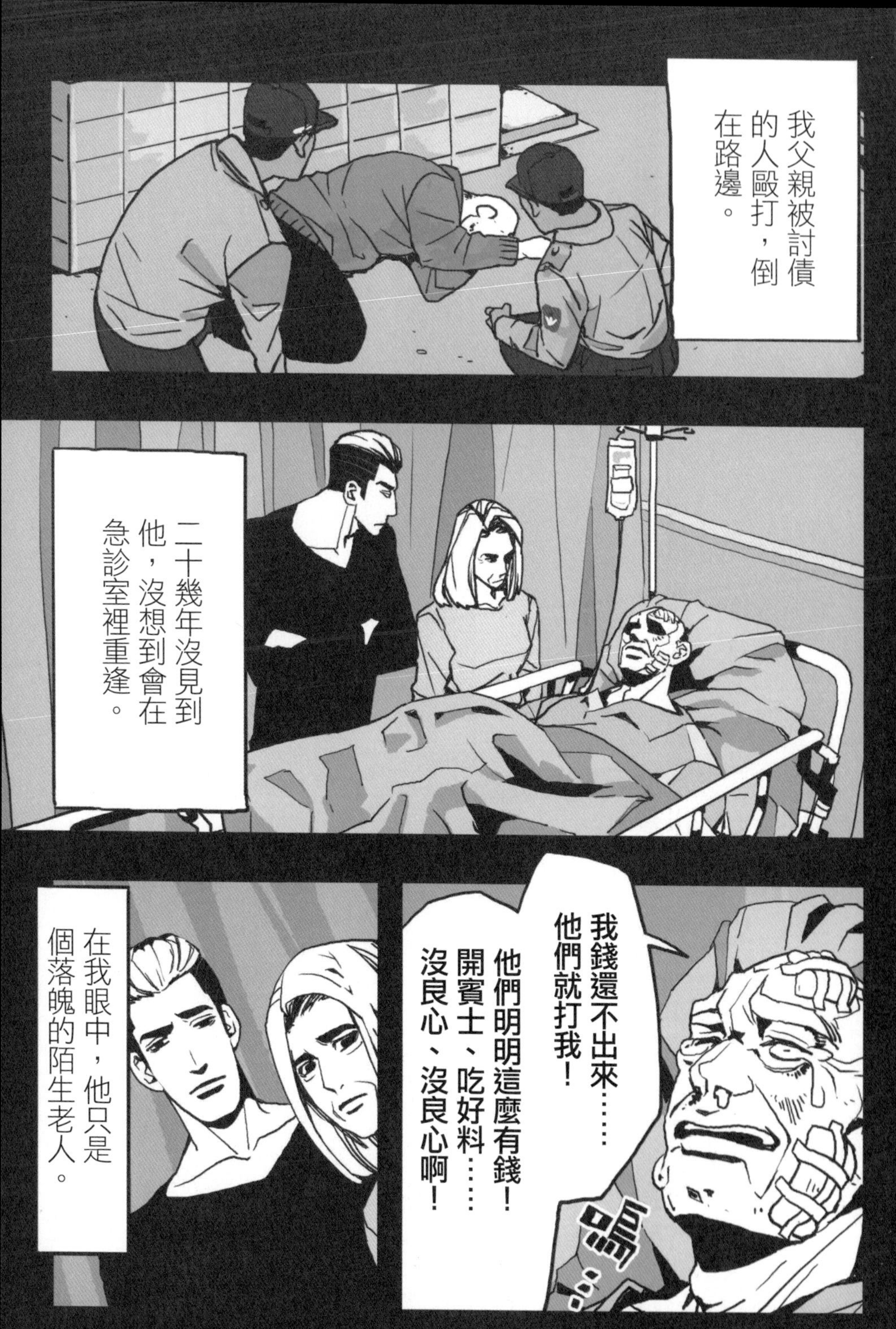
我父親被討債的人毆打，倒在路邊。
二十幾年沒見到他，沒想到會在急診室裡重逢。
我錢還不出來……他們就打我！
他們明明這麼有錢！開賓士、吃好料……沒良心、沒良心啊！
嗚……
在我眼中，他只是個落魄的陌生老人。

從那之後，他就很頻繁地找我吃飯。
他似乎借錢借到沒朋友了，所以很寂寞吧。
一共是四百七十元，謝謝。
RRRR…
士祺啊，晚上陪爸爸吃頓飯！
我工作很忙，改天再約吧。
嘖，擺什麼父親的架子啊？
關
RRR…
……

!?
士祺啊！
我等好久了喔！
你來幹嘛？怎麼知道我公司在這？
這位是？
你怎麼都不接我電話？
忙到忘記爸爸了嗎？
士祺，你的爸爸？
工作有比爸爸重要嗎？

……陳董、王哥，不好意思，請讓我處理一下家務事。
沒關係。
混帳！居然讓我在上司面前丟臉！
%@#
拉扯拉扯。
你算哪根蔥啊？
聽到沒？
我不管你有什麼事！以後不准再來我公司了！
你這樣胡鬧，會害我在公司、上司面前丟盡了臉！

這麼積極地過來……
找我吃飯？
他對我真的有父子的感情嗎？
還是只是想找個人陪，排遣寂寞？
他根本就不明白，對我來說，他只是個惱人的糟老頭吧！
……是我太苛薄了嗎？

也許他跟當年的媽一樣，
想重新跟我建立親情，
只是已經不知道怎麼和孩子相處了。
我是不是該接受他？

喀吱。
你爸喔？我記得他以前喜歡喝威士忌。

好，謝啦。妳要不要也來一瓶？
才不要，我戒酒這麼久了！
哈哈。
這瓶應該可以了吧？

士祺，你父親在樓下，說要見你。
……唉，不是說不要來我公司嗎？有什麼事情等我下班再說就好啦。
我要你幫我一個忙！

幫我還錢！
沒有很多啦，
六十萬而已！你有吧？
拉。

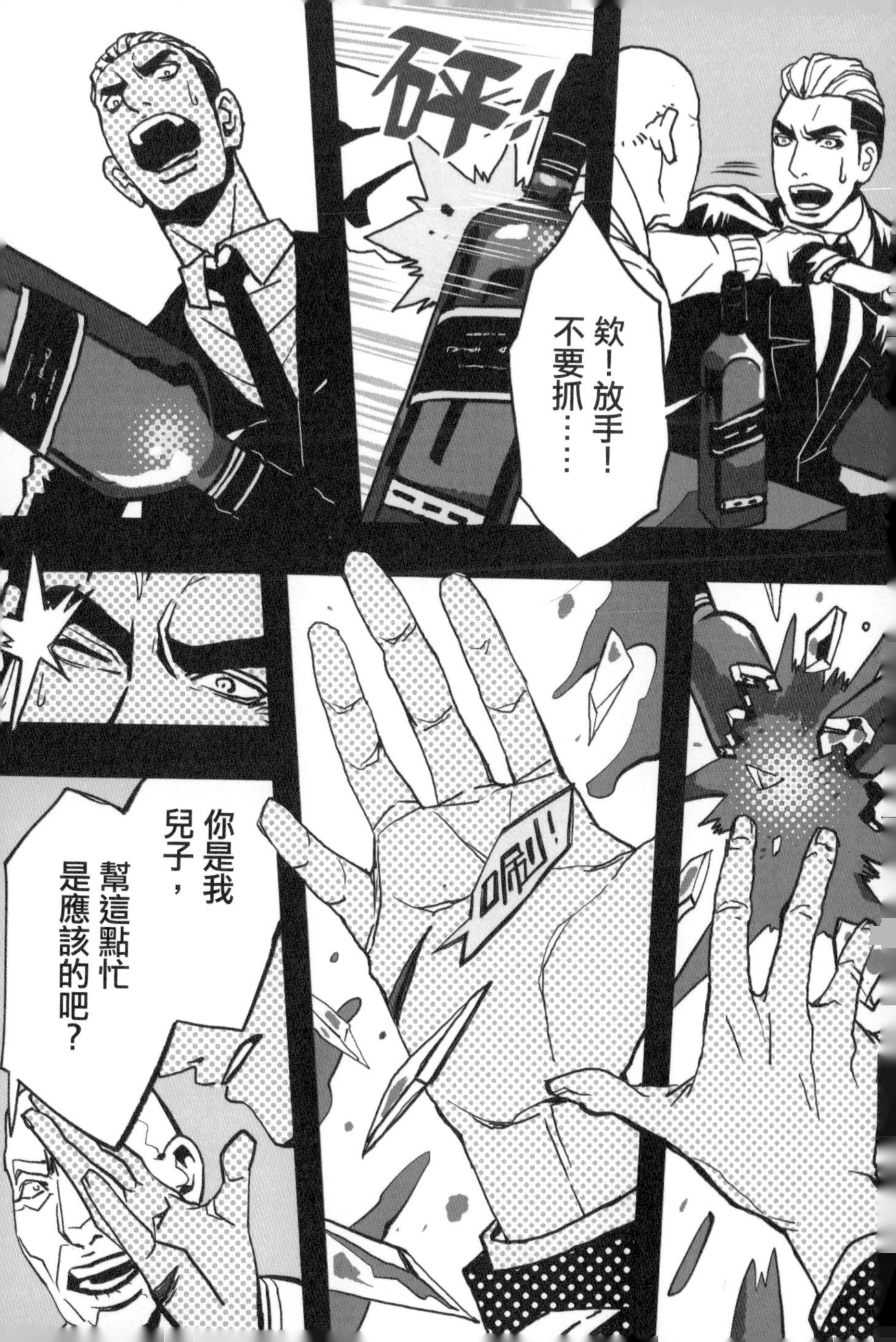
砰！
欸！放手！不要抓……
你是我兒子，幫這點忙是應該的吧？
唰！

哈!
哈哈哈哈哈哈哈哈!
原來天真的是我啊!哈哈哈!
抱歉啊，老頭，
我辦不到。
說笑!你事業做這麼大!一定有吧?
我是你爸，你要看我死嗎?
小心我告你棄養喔!

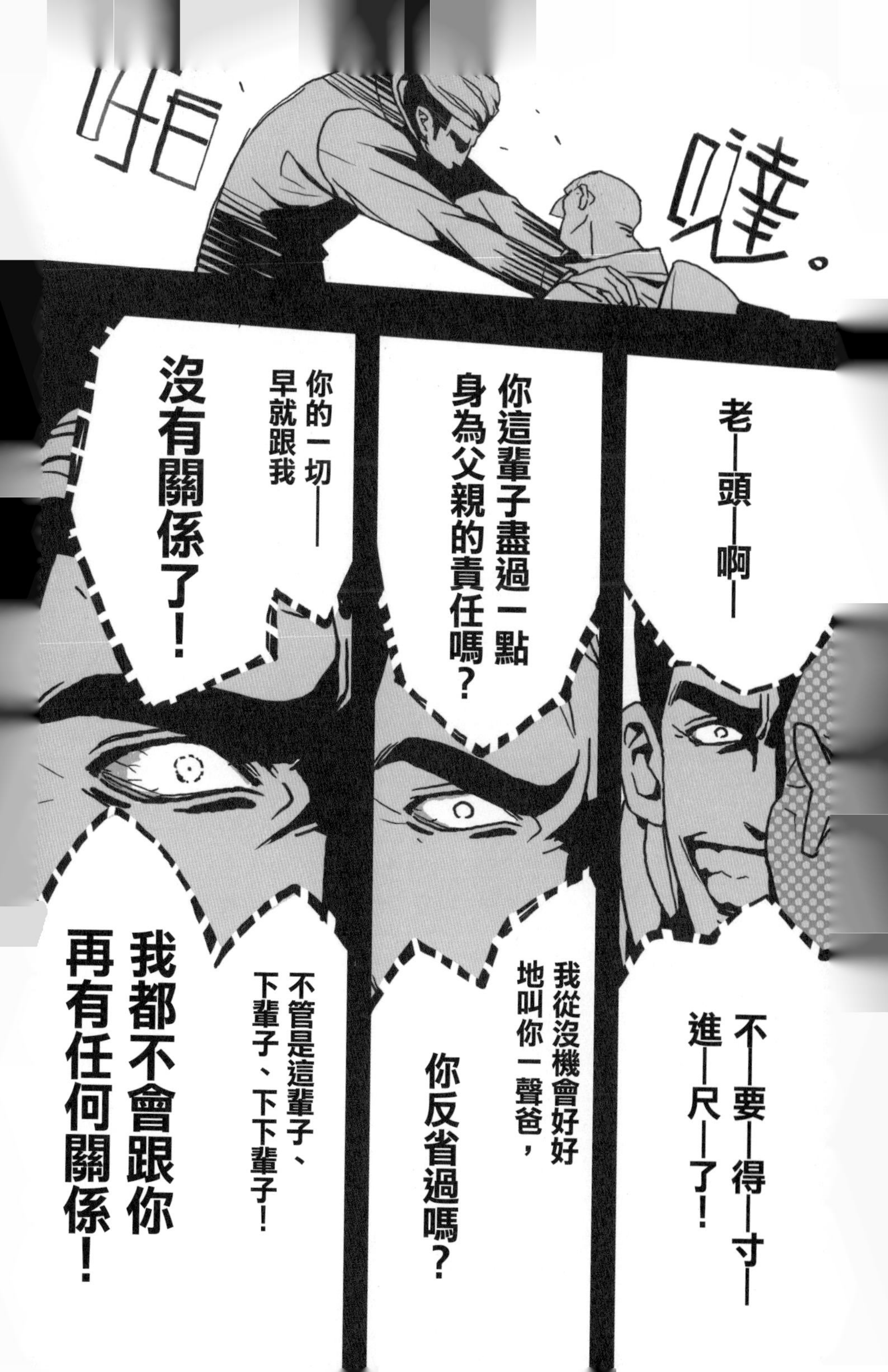
啪
噠。
老—頭—啊—
你這輩子盡過一點身為父親的責任嗎？
你的一切——早就跟我
沒有關係了！
不—要—得—寸—進—尺—了！
我從沒機會好好地叫你一聲爸，
你反省過嗎？
不管是這輩子、下輩子、下下輩子！
我都不會跟你再有任何關係！

人都是互相的啊……！

謝謝光臨，慢走！
哥，我們沒有去理解個案，就把自己的觀念加諸到別人身上批評……是不是太自以為是了？
……是啊，
聽完之後，好像不能完全怪汪先生絕情……

但要説都是他父親活該嗎？
好難用是非去定義啊！
怎麼這麼晚回來？
碰到偵辦我們案子的警員，稍微聊了一下。
這麼巧？聊了些什麼？
嗯，那位警察先生很正經很可愛，

於是我掰了一個睡前故事來哄他，
好平復他原本憤怒的心情。
……你幹嘛騙人啊？
好玩啊，
反正誰會真正在乎別人的過去？

喂媽，
嗯，事情都處理好了，
就像那位員警啊。
妳不必擔心，
晚安。
不孝子／完。

「不孝子」

相較以往的溫馨風格，這篇氣氛稍微暴力一點，它是我開始試著將社會議題融入故事之後，比較有達到理想效果的開始。「儒家的家庭倫理思想無法適用於所有人」、「感人的故事並不一定是真實」、「年紀到了就該結婚生小孩」、「死者為大」等等，故事試著挑戰了這些價值觀，也許會引發不同立場的人反感，但總之，如何適度融入觀念，且不失去原本人物與故事的初衷，是最近特別想做的功課。

士祺是大城小事系列裡，除了單行本第二集的大何和他的姊姊彥岑（有人還記得這兩位嗎？）之外，私心比較喜歡的角色。他源自於某日朋友偶然提到，「大城小事裡面沒有什麼壞人」，於是抱著「我要畫壞人」的心情來構思他。結果畫出來後，根本不算真的壞人，頂多是對善惡沒有明確立場，雖然覺得跟預期有落差，而且當時抱著這種心態創角實在很中二，但真正畫完這篇故事之後，有種好好認識了一個人的滿足感，也許是因為這樣，所以對他特別有感情吧。

只是對於想要畫「壞人」當主角，這種一圓中二夢的心願，只能寄望之後有機會再實現了。至於故事的真相究竟是什麼？士祺說的話有多少是真的？這就讓您自行解讀了。

不太一樣

……那個，士祺啊～
嗯？
封面是不是跟你長得不太一樣？
這個下巴和頭髮……
臉型也變小了……
封面
內頁
是修片、減肥還是整型？
角度問題。
當封面不覺得是不實廣告嗎？
沒這種事。
……

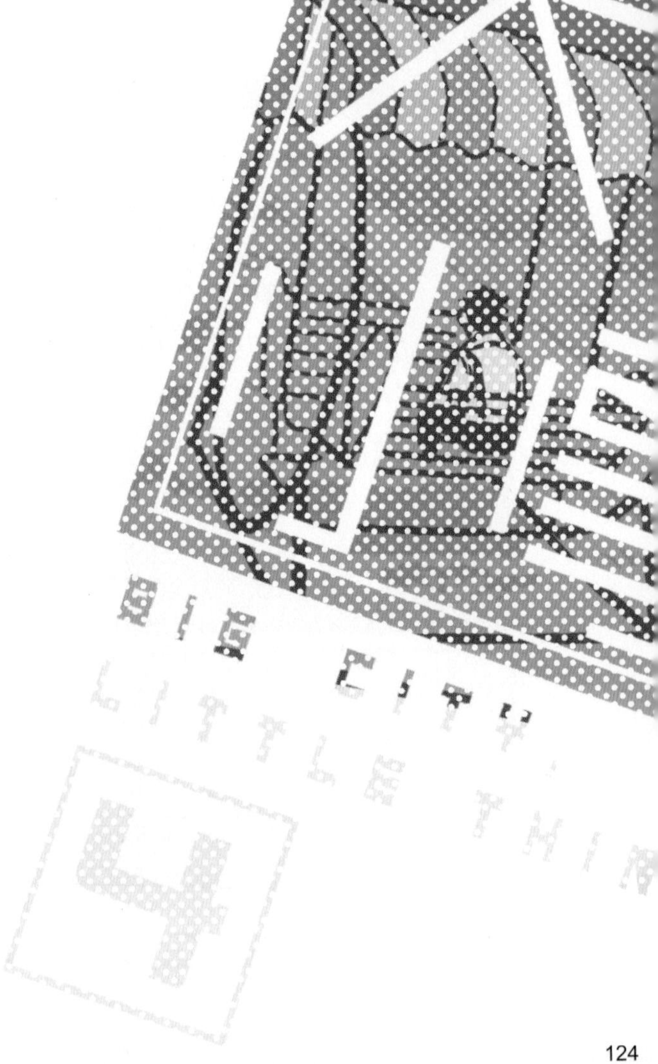
BIG CITY

我要兩盒辣味炸雞！
太陽
양념 치킨
好——的！
你們的醃蘿蔔也很好吃！
唷！小姐，妳超——級內行！
我們這是道地韓國人醃的高級品。
樂高
外面小小一罐就要一千元呢！
很貴對不對？
一千！？
但看妳這麼內行，只要加五十元，
就可以多給妳一份喔！
喔喔好哇！謝謝老闆！

高爸
一千元的醃蘿蔔？你賣去哪？火星？
幹嘛？我可是現賺多五十元！
母湯喔！你這樣暴利，客人感覺會很差捏！
鳥蛋！
你沒看見剛那個女生，笑得花枝亂顫！？
一千元的醃蘿蔔～賺到惹～
HUH
HUH
欺騙無辜單純少女，還這麼洋洋得意啊？
吵死了，我這叫會做生意！要比業績我一定比你多！
嘿，小姐今天要什麼？
啊，不好意思，

請再讓我想一下。
妳在考慮什麼？
在想大蒜或辣醬……
妳兩個都喜歡吧？我幫妳做拼盤，各一半吧！
啊，不用了，這樣你們難做生意吧？
OK的啦！
妳這麼常來捧場，
滋
滋
一定要讓妳吃得開心！
沙沙
來了！
謝謝。
掰掰～天氣冷穿多點保重身體喔！

拼盤屁，不要亂發明菜單！寵壞客人！
人家女孩子寵一下有什麼關係～
要是每個人都跟你點拼盤怎麼辦？超麻煩！要嘛你就加價啊！
現在又不忙～讓客人高興不是很好嗎？
愛多做隨便你，不要拖累我！增加工作量！蠢！
我怎麼會生出你這麼小氣的兒子？
老闆，請給我一份辣醬的～
好的。

「失控的鍵盤」

AHHH!!
哇草泥馬咧！
操俗辣！
幹！有種滾下來啊！
AHHH!!
哇，撞到人還這麼狂。
@#$!....
那啥？
%@...
爆料社團分享的狂人。
這種影片會是真的嗎？

這行車記錄器拍的，
有圖有真相，
當然是真的啊！
有些東西新聞臺是看不到的，
而且很多網友都很熱心，會幫忙！
喔！
你偶爾也用一下網路啊，
傳給你了！
咳咳咳～
我先睡了，明早跟小陽還有約。
起來！你還沒洗澡！

小陽，這是這個月的營業報告。
樂高、高爸，辛苦了！
最近還好嗎？
一切順利！
恭喜陽哥咖啡店新開幕，
裝潢真美，
跟您一樣尊爵優雅。
啊呀～早知道在這裡喝咖啡，我就穿西裝來了！
呵呵呵
呵～
你有西裝？
給你們招待券，隨時可以來坐坐喔。
咳咳～
沙。
可以轉賣吧？
謝啦～
那個…
MENU
一杯咖啡我可以吃兩三個便當，
這件事合理嗎？
拿鐵咖啡
Cafe Latte
NT180
卡布奇諾
Cafe Cappuccino
NT180
NT180
不要問很土～

……陽哥，您事業都做這麼大了，那攤車您打算再經營多久？
暫時沒有收的打算，
因為熟客居多，有感情了，
那是我十三歲時剛開始學做生意的地方。
這傢伙真的跟我們活在同一個世界嗎？
我們做生意啊，
誠意是很重要的。
真的很謝謝你們，有你們努力，那攤生意才能這麼好。
謝陽哥，慢走！

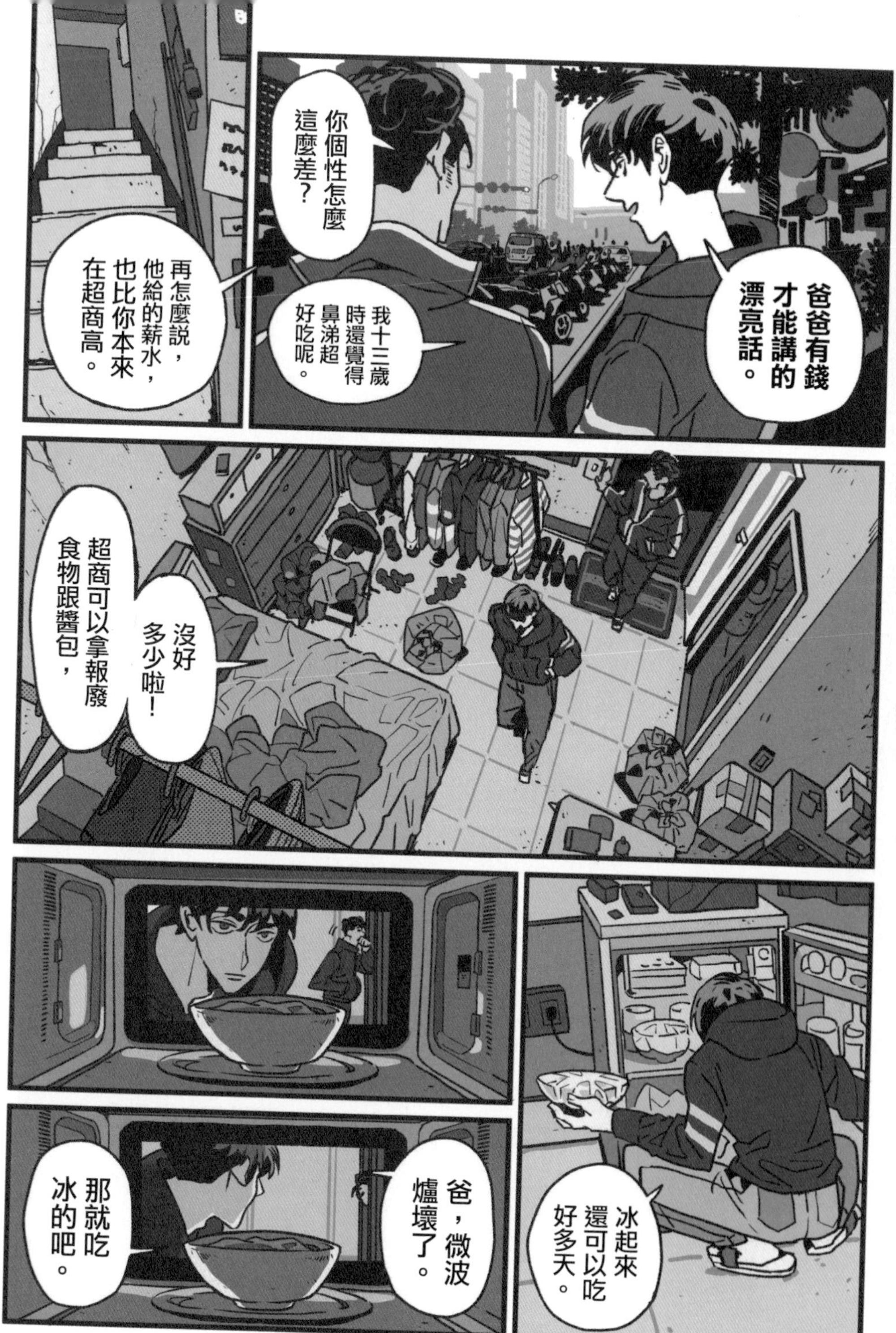
爸爸有錢才能講的漂亮話。
你個性怎麼這麼差？
我十三歲時還覺得鼻涕超好吃呢。
再怎麼說，他給的薪水，也比你本來在超商高。
沒好多少啦！
超商可以拿報廢食物跟醬包，
冰起來還可以吃好多天。
爸，微波爐壞了。
那就吃冰的吧。

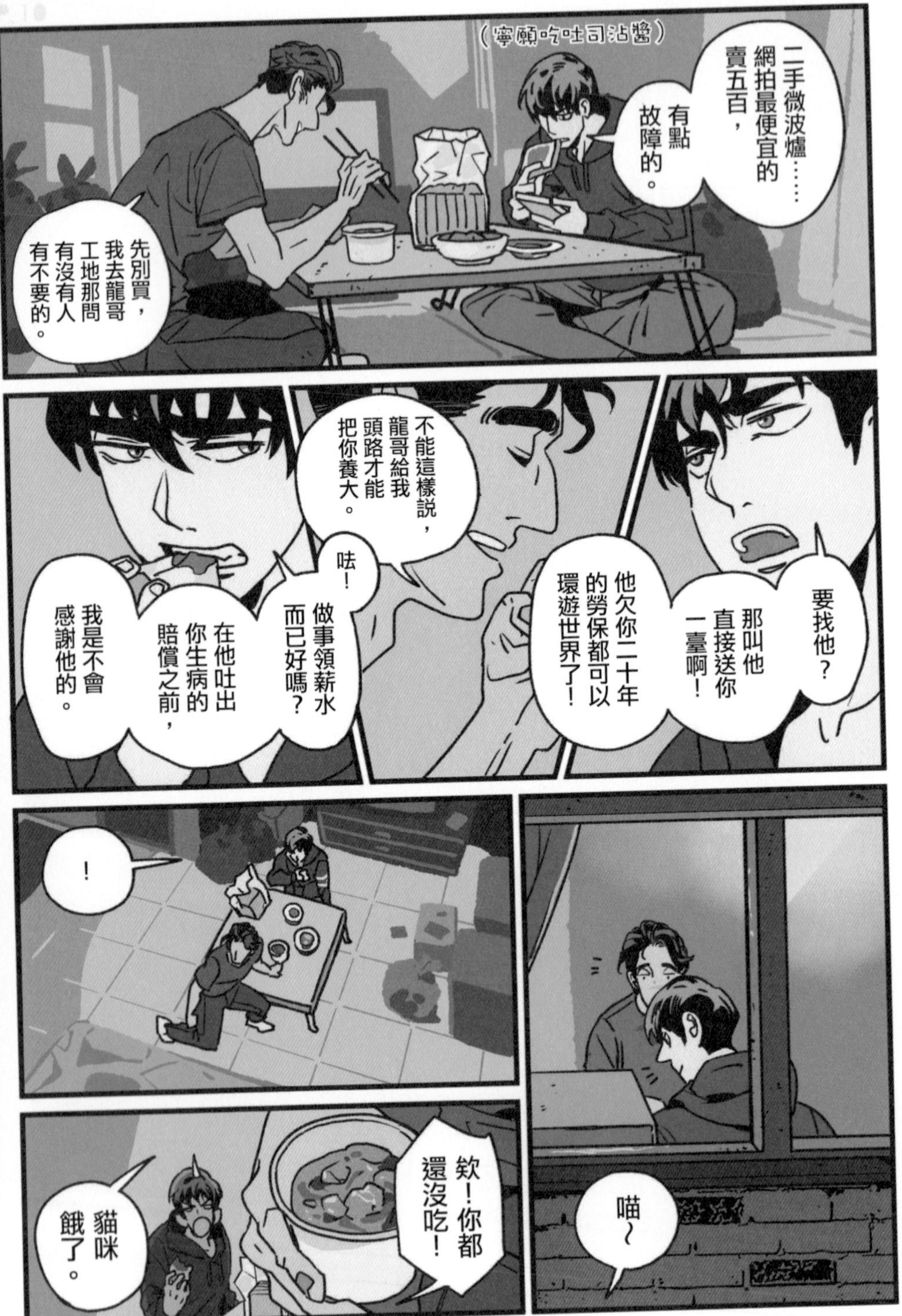
（寧願吃吐司沾醬）
二手微波爐……網拍最便宜的賣五百，
有點故障的。
先別買，我去龍哥工地那問有沒有人有不要的。
要找他？
那叫他直接送你一臺啊！
他欠你二十年的勞保都可以環遊世界了！
不能這樣說，龍哥給我頭路才能把你養大。
呿！
做事領薪水而已好嗎？
在他吐出你生病的賠償之前，
我是不會感謝他的。
喵～
！
欸！你都還沒吃！
貓咪餓了。

砰!
好喔，麵包超人！
記得把你腦袋裡的紅豆餡也分給牠們啊！

喵嗚——

我要一份大蒜和辣醬的拼盤，
中間幫我用紙板隔開，不然味道混在一起很噁心，
分兩個紙盒裝也可以。
我們沒做拼盤喔，請選其中一種口味。
或者您也可以點兩份，女朋友才會覺得你很大方喔。
喔？可是我在Dcard看到有人說可以這樣點啊？

好的~
請稍等！
馬上來！
原來可以拼盤啊？那我也要！
我也要用紙板隔開喔！
我也要！
辣醬拼大蒜！
我要兩份蜂蜜拼燒烤，一份不要醃蘿蔔！
一份燒烤拼大蒜、一份醬油拼辣醬！
醬油那份不要蘿蔔！
蘿蔔多一點！
我要辣醬拼醬油兩盒，燒烤拼蜂蜜一盒！
一份辣醬拼蜂蜜，辣醬的部分要多一點！
大概多個三分之一就好！
你們有雞翅嗎？我全部都要腿肉喔！
啊幫我挑沒有骨頭的！
我要大蒜拼醬油！醬油可以多一點嗎？塗到滿~~出來的那種！
我要買兩盒拼三種料！蜂蜜和辣醬和大蒜！
薯條可以給我多一點嗎？
……
양념 치킨
重弄！？
欸！
你做錯了啦！我是醬油拼辣醬！沒有蜂蜜！
我不是說不要醃蘿蔔嗎？
啊！抱歉，我重弄給您，請稍等一下！
為什麼要等這麼久？
人又沒有很多！
吃別的吧。
嗯。
……
……
……

看吧！
被寵的客人不會領情，
沒人會感謝你討客人歡心。
變得更麻煩也沒有賺更多。
是不是有沒有！
FIZZ
FIZZ
FIZZ
還會惹人嫌，
早跟你說過，要拼盤就得加價，
這樣才合理吧？
好累喔，想不想喝啤酒？
去超商幫我買吧？
一罐就好，我們一人一半。
好意思喊累？
沒關係你可以再繼續裝死！
對客人很大方，對我倒是挺小氣的啊？
一人一半？

嗨阿豪！老樣子一包卡七？
謝啦樂高！
等等下班一起去網咖啊！
我要去看房子。
又要換地方住喔！？
沒辦法，
我家隔壁間的獨居老人跳樓自殺，
房東要把房子賣了。
嚇死我了。
是喔？
誰要買兇宅啊？
不知道，有些人不怕吧。
搞不好是買來炒的啊！
但就……
便宜套房難找，我爸現在又沒工作，
比現在貴個一千我又要開始天天吃吐司沾醬了。
除非加薪或換個工作～
要不要我陪你一起去看房子？

樂高，我們社團明天要辦活動，
跟你買不冰的綠茶、檸檬茶、紅茶各十罐。
OK，我去倉庫拿，等一下喔！

砰。
咯咯
我同學剛説，飲料已經準備好了，所以不買了。
抱歉啊！
喔，沒關係。
樂高抱歉，
掰囉。
為什麼少了這麼多瓶洋酒！？
我……我不知道。
不知道？你值班是在睡覺嗎？

這些酒加起來六千多元，就先從你薪水扣囉！
!?
如果警察抓到嫌犯再還你，不然我不好跟上面交代！
靠我一個月才賺多少……
這個月房租一定又繳不出來了……
要怎麼跟爸講……
35個

酒是我朋友帶的，我哪知道？
屁啦！明明品項都一樣……
你是把風的吧！？不然幹嘛把我騙去倉庫？
你想太多了，我什麼都不知道喔。
你沒有證據吧？

混帳！
要是重來一遍，我一定讓網友公審，灌爆他！
當時還沒想到可以PO到社團上爆料，
嗝。

太陽
양념 치킨
哈囉~對，這裡是太陽韓式炸雞！
五十份蜂蜜炸雞，等等過來拿嗎？沒問題！
來吧，開始忙了！
Sizzle~
不好意思，我們現在要做別的單~
您可以考慮吃隔壁的滷味，也很美味喔~
Clink
不知道他們有沒有微波爐，
這麼多份等他們過來都涼掉了~
Clink
你管人家這麼多！
什麼時候有電話點餐的服務了？
這樣客人就可以先訂，不用站在這等啊！
還真貼心喔。

現在幾份了？
靠真的有夠多！
三十而已，還要二十個！
快好了、快好了～
四十九、
五十！
沒一次做這麼多過！
還好都點一樣的。
這時候要是每個都點你發明的拼盤，
我們就要爆了！你知道嗎！？
手好痠～
你爸我動作很快的吧～
吃屎！
老闆，我們來拿炸雞——
你好！沒問題！

您好～
BEHIND
老闆，這樣多少？
是～這樣三千五喔！

咦?
bee
x50
這些該不會全都是蜂蜜的?
?
是啊。
我們是點辣的吧!
啊~可是蜂蜜很噁心啊!
呃,但你們訂的人跟我說蜂蜜……
一定是你聽錯了!
我要辣的!

這……
弄錯的是你。
我聽得很清楚，
你們是點蜂蜜！
打給你們負責訂餐的人問清楚吧!?
啊是兇屁喔?
推個小!?
欸欸你是吞火藥喔？
不要這麼衝！
你只要認錯，即使是他的問題，也會變成是你的錯！
不好意思，
搞不好是我聽ㄘ……
閉嘴!!
白痴!!

算了，我們去買別家吧。
欸欸欸那這些……
我們這些怎麼辦？等、等一下！
喂！
!?
給我付錢!!

當我們時間和材料都不用錢喔？
付錢啊混帳！
靠！
放手喔幹嘛！
想打架嗎？

啪!!
!?
我們付錢。
呵,好。
欸阿豪!你幹嘛!?
還不揍他?怕喔?
別急。

有比揍人更有趣的方法。
別氣了……
還笑得出來？
那一大箱也想自己賠？
奧客最愛你這種鄉愿！

Fizz...
Sizzle...
Fizzz...
太陽
양념 치킨
TUTTTTT...
TUTTTT...

?
……噯，爸！你看這個！
1小時．
今天買了這間大陽韓式炸雞…打去訂辣醬老闆做錯給我蜂蜜 不跟他計較 想說就算了 他態度還很差很兇 打開要吃 居然看到裡面有一隻大蟑螂 噁心 千萬不要去這間店!!!!!!!!!!!!!!!!!!!
太陽
양념
치킨

這……怎麼會，
Jacky Chen
夜市都很不衛生
李詩婷
幸好你還沒吃到
陳秀慧
我有經過看過這間
未來絕對拒絕來往
Emily Lin
圖好噁心...
陳志豪
火烤過會有像
烤蝦子的味道喔
Kiki Lu
扯爆了好噁!!!!!!!!!
不可能啊！
黃雅涵
快向衛生局檢舉
讓他們停業
我裝每一盒的時候眼睛都看著裡面……
等等！
靠！是他們發的文！
下流爛招！
怎麼辦？
如果上去留言解釋，因為點餐糾紛……
不行！那看起來會變成牽拖，而且無法證明我們是對的！
我們站不住腳，還會引來更多人看戲！
欸！你看！就是這間！
!!

哈囉！你們是不是賣蟑螂炸雞的店？
你們都多久清理一次啊？一年？
有沒有要和客人道歉？
太陽
LIVE
108
蟑螂跟炸雞摻在一起做撒尿牛丸？
Ted Li
叫他們
Anna C
居然可以
Gray C
幹為什麼我才一個！？
欸～❤人家的直播現在有兩百個人在看捏！
小底迪要紅就趁現在喔❤
靠……
把布掀開裡面會跑出蟑螂嗎！？
不要拍啦！！
哎呀！
小心蟑螂！
！
CLINK!!

現在大家都罵要抵制太陽韓式炸雞……
衛福部和記者如果真的來，我們該怎麼說？
這些圖也太無聊……
2.866
10分鐘
3分鐘
啊……傷腦筋。
我……
可能有點……太衝動……
怎麼說，有點私仇……我態度才沒辦法太好……
目前看來還是正常面對吧，
要查就讓他們查，你們就說實話，只是生意應該會打擊到。
……
辛苦你們了。
啊、不……
RRRR
喂？

您好，請問是太陽韓式炸雞業主嗎？
我是X臺記者，請問您願意受訪嗎？
不好意思，我不方便回應。
掛
RR RR
未顯示號碼
喂喂……是蟑螂炸雞嗎？
我要點一桶蟑螂！
哈哈哈
掛！
3,109
叫這些無良的攤販都
避免毒害人民健康
1分鐘
太噁心了!!!!!!!!!
3分鐘
RR RR
未顯示號碼
RR...
未顯示號碼

有蟑螂態度這
很差
拒買
1分鐘
檢舉
裝炸雞的時候怎
沒看到????
1分鐘
應該叫老闆
3分鐘
超不衛生
3分鐘

咕嚕。
老爸！你倒是說說話啊！別一直用手機！

高志勇　我是這攤子的負責人，
對這位客人很抱歉，
我們天天都有確實做好清潔。
如果客人願意，我們會好好談賠償，
今後會更嚴謹檢查。
也對所有和我們買過炸雞的人致歉，
我們一定會改進！
讚　回覆　幾秒前
……
Jacky Hsu　叫老闆出來吞下蟑螂
讚　回覆　1分鐘
欸……
高爸，這是你的留言嗎？
！
Anna Chen　抵制 !!!!!!!!!! 這太誇張了 !!!!!!!
讚　回覆　1分鐘
這……
你幹嘛啊！？
快刪掉！你的臉書會被灌爆的！
Jackson Wang　還知道要道歉!?
蟑螂是你刻意放的吧!?
讚　回覆　1分鐘
為什麼一開始
做錯人家餐點的時候不道歉
欠公審嗎
讚　回覆　1分鐘
白書惠　我買過你們的炸雞
現在我只想吐出來
讚　回覆　1分鐘
李潔　可是那隻蟑螂
看起來是刻
你態度太惡
道歉沒用
抵制到底
靠也太快了吧！！
老爸你快把留言權關閉！

小陽，
對不起，壞了你生意的名譽。
如果之後營業額減少……或要休業……
多少我都可以賠償！還有面對媒體……
所有的錯，
請都讓我負責吧。
不是吧……

賠償!?可是……
我們也是受害者吧？
網路世界真的這麼沒有公道嗎？
可惡！
等等，
你們來看。

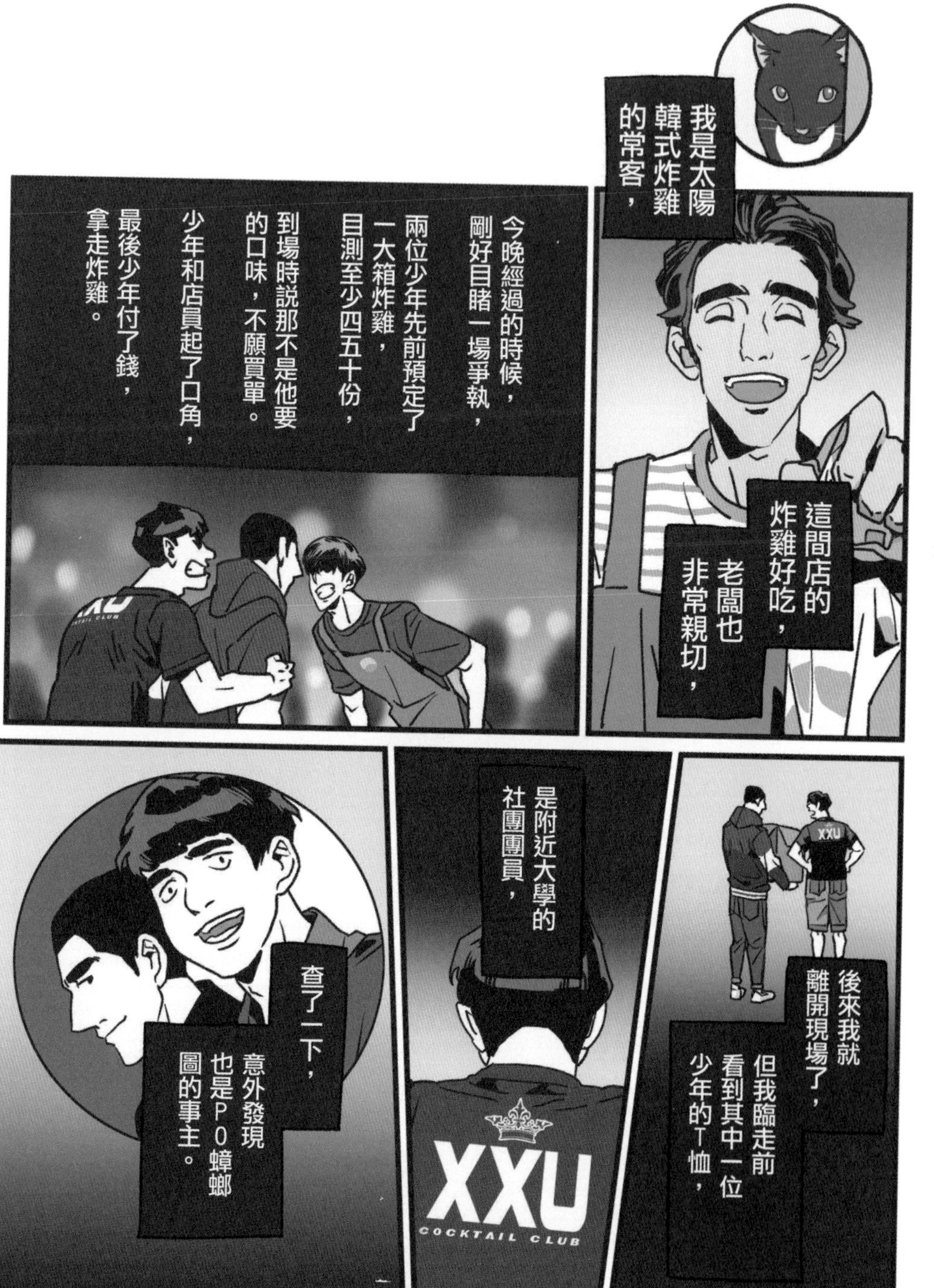
我是太陽韓式炸雞的常客，
這間店的炸雞好吃，
老闆也非常親切，
今晚經過的時候，剛好目睹一場爭執，兩位少年先前預定了一大箱炸雞，目測至少四五十份，到場時說那不是他要的口味，不願買單。少年和店員起了口角，最後少年付了錢，拿走炸雞。
後來我就離開現場了，
但我臨走前看到其中一位少年的T恤，
是附近大學的社團團員，
XXU
COCKTAIL CLUB
查了一下，
意外發現也是PO蟑螂圖的事主。

兩個疑點——
第一，
我用臉書查到社團活動負責訂餐的同學
這是我們的對話……
我們是點50份蜂蜜炸雞
請問送到的餐點也是蜂蜜嗎?
嗯
是的
bee ×50
所以老闆沒做錯，是少年誤會了？
第二，
為什麼不拿回社團再用餐，
非得帶著這一大箱在夜市裡站著吃？
為什麼明明人在攤位前，
發現蟑螂不是直接和老闆反應，
今天買了這間太陽
跟他計較想說就算
裡面有一隻大蟑螂
太陽
양념 치킨
卻是和店家的招牌合照PO上爆料？

欸欸你看，
有人出來幫炸雞店講話耶！
這不算檢討被害者嗎？
我信耶，因為
我以前常去啊，老闆態度明明就很好。
可是……
原來是這樣！？
哈哈靠杯喔！
是你們太遜了！我一眼就看出這是假的！
要趕快轉發留言ㄛ這樣才正義～
趕快刪掉之前嘲諷的留言。
絕不能讓人誤以為我笨！
造謠根本敗類！
來聯合制裁他！
WoW!
罵他！
原PO只是要黑這間店！
可惡！
竟敢利用我們！

這……
風向……
哇!!
轉了!
那隻黑貓是誰!?
幹得好啊!
為什麼可以變得這麼快啊!?
林德
柯南4ni
Yvonne Cheng
難怪蟑螂像擺上去的
Sandy Du
所以是做賊的先喊捉賊!???
李祖昌
李組長眉頭一皺
發覺案情並不單純
CS Kao
去過，老闆人很好
曾育均
原來是蟑螂攻擊啊
陳志豪
散播假新聞?罰30萬!
Chien Wen Hsu
我每天晚上都在附近
看到老闆在洗攤車
林哲瑋
他們包裝時眼睛都盯著餐盒，
怎麼可能一隻這麼大的蟑螂沒看見

常客+1 老闆感覺是用心做生意的……
老闆的道歉看起來很有誠意。
支持老闆！
我也是常客，老闆很細心很親切，樓上分析的我同意。
太好了！讚嘆網路！有明眼人啊！
可以安心上班了！
多虧你們平時對客人就很友善啊！
鬆一口氣啊！

欸欸～就是這間。
嗯，我有看到。
你覺得是哪邊的問題？
我也不知道耶。
快看～是那個蟑螂炸雞！
矮額！
香辣
蜂蜜
醬油
大蒜
燒烤

議論紛紛
窸窸窣窣
老爸……快叫賣啊！平常不是很主動？
出一張嘴！你幹嘛不先招呼？
老闆，
請給我一盒辣味。
好的！馬上來！
太陽
양념 치킨
謝謝妳天天都來捧場耶！
哈哈，天冷多吃點喔！
別這麼說，因為好吃呀。
對了，

不知道那位帶頭幫我們說話的網友客人是誰？
可惜只看得到一張貓咪圖，認不出來……
應該要報答對方的。
香辣味
蜂蜜味
醬油味
大蒜味
燒烤味
老闆！我要兩盒辣味炸雞！
跟之前一樣加五十元蘿蔔！
HUH
HUH
HUH
我有看到你們的文章！
加油喔！
別被惡意攻擊打敗了！
謝謝，蘿蔔降價了，以後加十元就可以了～
真的嗎！謝謝！
我要一盒蜂蜜和辣味的拼盤！
不好意思，我們現在不做拼盤了。
蛤——
呃……那就蜂蜜吧。

SIZZLE…
太陽
양념
치킨
今天的生意，果然變得特別差啊。
但也不錯了啦，
幸好沒有鬧到記者來，
還有那麼多人相信我們。
畢竟還是有很多人相信蟑螂啊。

太陽
有人相信，就過得去啦！
幫我買一罐啤酒吧，
一人一半，慶祝今晚平安度過。
啤酒慶祝怎麼可以少了肉？
吃燒烤！
我也餓了，
不然等等買罐啤酒去永和豆漿吧！
你要帶啤酒去喝豆漿？
好喔。
但我的燒肉呢？
失控的鍵盤／完。

「失控的鍵盤」

自由很美好，但也很混亂。

「帶風向」不是這幾年的特有現象，大眾傳媒一直以來都具有影響社會的能力，只是因為現代資訊非常便利發達，加上臺灣極高的言論自由度，所以什麼都能被挖掘且討論。帶風向的現象一路從國家大事到小市民糾紛，只要是能被人看到的地方，它無所不在，其中素人「親身經歷的故事」最能打動人。

在我十幾歲時，有某個開放網友參與問答的知識網路平臺，只要你回答網友的問題，並獲選最佳解答，就能獲得點數（點數能拿去匿名發表其他問題，還有數字高看起來會顯得很有學問），但答案是否正確是沒有被管理的，且未必能查證。我為了拿點數，就隨意找個問題，即興發揮打了落落長的回文，但我只是在編故事，裡面的資訊幾乎沒有經過查證，結果我拿到最佳解答。那時除了拿到點數很高興之外，還體認到只要故事說得生動自然，且內容不太可能被查證，即使它是無中生有，還是會被相信。

資訊越來越發達，各方不同的聲音越來越多，怎麼能確定自己的立場是對的？也許自己深信的，只是被圖利者操作出來，也許大部分的問題沒有對錯，有的只是立場和觀念的衝突，所以比起相信真相，人們會更傾向於相信自己想相信的部分吧。

FUN系列055

大城小事

BIG CITY, LITTLE THINGS

4

作　者—HOM（鴻）
主　編—陳信宏
責任編輯—王瓊苹
責任企畫—曾俊凱
美術協助—執筆者企業社
編輯顧問—李采洪
董 事 長—趙政岷
贊助單位—文化部

文化部 MINISTRY OF CULTURE

出 版 者—時報文化出版企業股份有限公司
一〇八〇一九　臺北市和平西路三段二四〇號三樓
發行專線—（〇二）二三〇六六八四二
讀者服務專線—〇八〇〇二三一七〇五・（〇二）二三〇四七一〇三
讀者服務傳真—（〇二）二三〇四六八五八
郵撥—一九三四四七二四　時報文化出版公司
信箱—一〇八九九臺北華江橋郵局第九九信箱

時報悅讀網—http://www.readingtimes.com.tw
讀者服務信箱—newlife@readingtimes.com.tw
時報出版愛讀者粉絲團—http://www.facebook.com/readingtimes.2
法律顧問—理律法律事務所 陳長文律師、李念祖律師
印　刷—華展印刷有限公司
初版一刷—二〇一九年二月二十二日
初版三刷—二〇二一年五月三十一日
定　價—新臺幣三〇〇元

時報文化出版公司成立於一九七五年，並於一九九九年股票上櫃公開發行，於二〇〇八年脫離中時集團非屬旺中，以「尊重智慧與創意的文化事業」為信念。

大城小事 4 / HOM 作 .
-- 初版 . -- 臺北市 : 時報文化 , 2019.02
冊 ;　公分 . -- (fun 系列 ; 55)
ISBN 978-957-13-7689-9 (第 4 冊 : 平裝)

855　　107023446

ISBN 978-957-13-7689-9
Printed in Taiwan